JN123916

元号「令和」と万葉集

東 茂美

SHIGEMI Higashi

海鳥社

元号「令和」と万葉集◉目次

◉目次

令和と号す　はじめに

平成三一年（二〇一九）四月一日、それまでの元号「平成」にかわる新しい元号として「令和」が発表されました。四月三〇日には平成天皇が生前退位、五月一日に令和天皇が即位。「平成」は『書経』の「地平《たひら》かに天成《な》る」・『史記』（五帝本紀・帝舜）の「内平かに外成る」によって考案されたといわれていますが、このたびの新元号「令和」は、漢籍ではなく、日本古典文学『万葉集』の「梅花の歌三十二首并《あは》せて序」（巻5八一五～八四六）の序文を出典にしているというのです。

この政府発表にマスコミの反応は予想をこえて大きく、「令和」を讃美する意見や逆に「令和」を貶《おとし》める意見、「令和」肯定・否定両論が報道を賑《にぎ》わしたことは、周知のとおりです。(1)

太宰府市坂本の一画にある八幡宮あたりが、「梅花の歌」がうたわれた地とされ、昨今はやりの〈聖地巡礼〉よろしく参拝する人、人、人。準備された急ごしらえのせまい駐車場は、

改元の日となった５月１日、早朝から
にぎわう坂本宮（朝日新聞社提供）

終日満車の看板がおろされることがなく、県外ナンバーの車が数珠つなぎとなり、広くもない参道へと続く道路は、人びとであふれかえっていました。

土地の鎮守の神として静かに祀っていた氏子さんたちの暮らしは激変、氏子の皆さんと氏子総代は、押しよせる人びとへの対応に、疲労困憊《こんぱい》。その光景には、正直、おどろかされました。わたしも、まさかそのせまい境内で報道カメラを前に、「梅花の歌」とその序文の解説をするとは、思ってもみないことでした。

「梅花の歌」の序文は、だれが書いたかわかりません。書いたその人物（あるいは人物たち）は、一三〇〇年ほど後の現代で、序文が元号の出典になると、はたして想像したでしょうか[2]。

この「梅花の歌」の序文とはいったいどのようなものなのか、そして「令和」をわたしたちはどのように理解していいのか、さらに新元号に込められた意味とは何なのか。比較文化学・比較文学の視点から、ささやかな私見を述べてみたいと思います。

「梅花の歌」の序文

やや長くなりますが、まず「梅花の歌」の序文を読むことからはじめましょう。

天平二年正月十三日に、帥老《そちのおきな》の宅《いへ》に萃《あつ》まりて、宴会を申《ひら》く。時に、初春《しよしゆん》の令月《れいげつ》にして、気《き》淑《よ》く風和《やはら》ぎ、梅は鏡前《きやうぜん》の粉《こ》を披《ひら》き、蘭《らん》は珮後《はいご》の香《かう》を薫《かをら》す。加之《しかのみにあらず》、曙《あけぼの》の嶺《みね》に雲移り、松は羅《うすもの》を掛けて蓋《きぬがさ》を傾《かたぶ》け、夕の岫《くき》に霧結び、鳥は縠《うすもの》に封《こ》めらえて林に迷《まと》ふ。庭には新蝶《しんてふ》舞ひ、空には故雁《こがん》帰る。

ここに天を蓋《きぬがさ》とし、地を坐《しきゐ》とし、膝《ひざ》を促《ちかづ》け觴《さかづき》を飛ばす。言《こと》を一室の裏《うち》に忘れ、衿《えり》を煙《えん》霞《か》の外《そと》に開く。淡然《たんぜん》と自ら放《ほしきまま》にし、快然と自ら足《た》る。若《も》し翰苑《かんゑん》にあらずは、何を以ちてか情《こころ》を攄《の》べむ。詩に落梅の篇を紀《しる》す。古《いにしへ》と今とそれ何ぞ異ならむ。宜《よろ》しく園の梅を賦して聊《いささ》かに短詠を成《な》すべし。

天平二年（七三〇）正月一三日に、大宰府の長官である旅人《たびと》宅に集まって、宴会をひらいた。時あたかも新春の好い月、空気は美しく風はやわらかだし、梅花は麗人が鏡の前でよそおう白粉《おしろい》のように白く咲きわたり、藤袴《ふじばかま》の香り草は身を飾る帯玉のように芳香をただよわせている。それだけではない、明け方の山の頂きには雲がかかり、松はうす絹のような雲をかずいて、きぬがさを傾けるといった風情であり、夕べの峰には霧がわだかまって、鳥はその霧にこめられて林にまよい鳴いている。庭には羽化したばかりの蝶が舞い、空には北国へと帰る雁たちが飛び去ろうとしている。

さてここに天空をきぬがさとし大地を敷き物にして、人びとは膝を近づけ酒を酌み交わしている。もはや皆みなことばをかけ合う必要もないほどうちとけ合い、大自然に向かって心を解き放っている。淡々とそれぞれ心のおもむくままにふるまい、満ち足りているのだ。こうした気持とやらは、筆にしなければどうして表わしようがあろう。唐の国にもたくさんの落梅の詩篇がある。今も昔も同じこと、さあ庭の梅をよんで歌を作ろうではないか。

時は天平二年（七三〇）正月一三日、場所は大宰帥大伴旅人の邸宅、宴会のメンバーは主人である旅人と大宰府の官人である大宰大弐《だいに》の紀男人《きのおひと》、少弐の小野老《おののおゆ》ら、九国三島の地方官人である筑前国守の山上憶良、豊後国守の大伴三依《みより》、壱岐国守の板持安麻呂《いたもちのやすまろ》ら、そして観世音寺別当の沙弥満誓《さみのまんせい》など三二名です。

ただし、記名で歌を披露しているのが三二名だということであり、それ以外にも大勢の官人たちが集っていたとみていいでしょう。たとえば旅人の長子である家持《やかもち》（当時一三歳）も、宴席にいたのではないかと思います[3]。

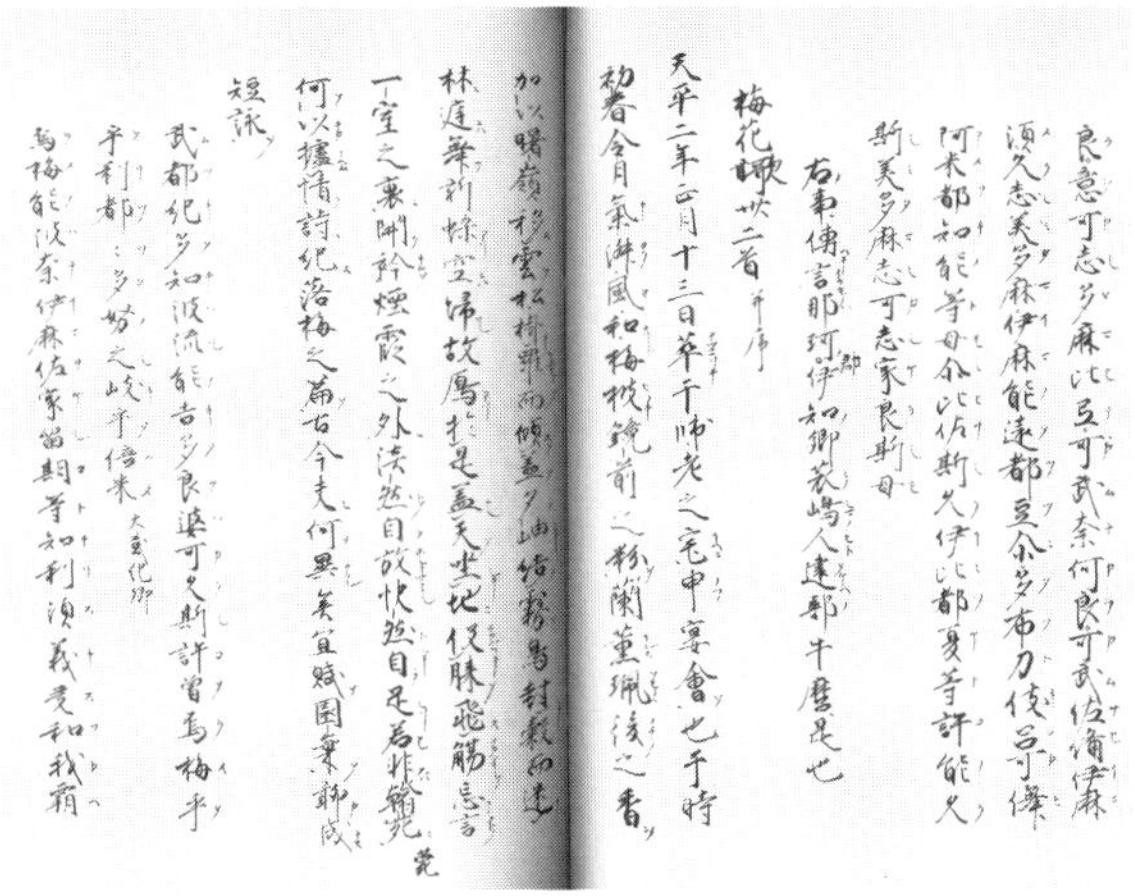

国内最古の写本である「西本願寺本万葉集（複製）」の巻五「梅花歌三十二首并序」（福岡女学院大学蔵）

また私邸での宴ですから、賄《まかな》い方《かた》の中心が旅人の異母妹である坂上郎女《さかうえのいらつめ》（推定三〇歳）だったことは確実です。旅人の妻の大伴郎女は神亀五年（七二八）にこの筑紫で没しており、旅人たち大伴家の私生活を支援するために大宰府に下っていたのが、大伴坂上郎女。郎女は家刀自《いえとじ》として厨房《ちゆうぼう》で采配をふるっていたことでしょう[4]。

宴席でまず披露されたのが、この序文です。序文の主旨にしたがって、人びとは歌をうたったのでしょう。いや、宴席への招待状がわりに事前に各自の手元に届けられていて、人びとはあらかじめ歌をつくり、その短冊《たんざく》を懐中にしていたのかもしれません。そう思わせるほど、歌全体が調和のとれた連作になっています。

ひろく知られるように、「初春令月、気淑風和」から「令」と「和」を採択して元号とする。これが政府の告示でした。しかし発表されるとすぐに、同じ「令和」とするのなら、『文選《もんぜん》』にある張衡《ちようこう》（七八〜一三九）作「帰田《きでん》の賦《ふ》」の「於是仲春令月、時和気清」（是《ここ》に於《おい》て仲春《ちゆうしゆん》の令《れい》月《げつ》、時和《ときわ》し気清《きす》む）のほうが、ふさわしいのではないか、という異見が発表されました。[5]

たしかに「帰田の賦」もよく似た表現です。おまけに張衡には、別に「東都の賦」「西都の賦」「南都の賦」「思玄の賦」「四愁詩」などがあり、なかでも「四愁詩」はとくに有名な作品です。彼は後漢時代の第一級の詩人なのです。出典を求めるには、相応しい人物ともいえそうです。作品のごく一部分を読んでみましょう。

漁父《ぎよほ》を追ひて以《もつ》て嬉《たのしみ》を同じうす。埃塵《あいぢん》を超《こ》えて以て遐《とほ》く逝《ゆ》き、世事《せいじ》と長く辞《じ》す……苟《いやしく》も心《こころ》を物外《ぶつぐわい》に縦《ほしいまま》にせば、安《いづく》んぞ栄辱《えいじよく》の如《ゆ》く所《ところ》を知らんや。

大意を紹介します。漁父と楽しみを同じくし、俗塵《ぞくじん》（世俗の塵・雑事）をはるかに超越して、世間と縁をきろうと思う。心を俗世の外に開放すると、この世の栄誉《ほまれ》だの恥辱《はずかしめ》だの、わが身とは何のかかわりがあるだろうか、何のかかわりもないのだ、と。

世間の暮らし（官）をやめてしまい（辞）、江湖《こうこ》で魚を釣って喜び楽しみたいというのが、「帰田の賦」の内容です。張衡は、権謀術数《けんぼうじゅっすう》の政争に明け暮れするのでなしに、おだやかな暮らしをもとめるのです。

おだやかな暮らしという面では、「帰田の賦」も出典として魅力がないではないけれど、「帰田の賦」を典拠に主張するのは、やや難点もあります。「帰田の賦」と「梅花の歌」の序文とでは、いわんとするところが大きく異なるからです。

太宰府天満宮の白梅

　考えてみると、「元号」はこの世間の日々の暮らしのなかにあって、その指針となるべきものでしょう。隠《いん》遁《とん》の願望をうたう「帰田の賦」を典拠とするのは、やはりあやまりというべきだと思われます。
　いやいや、「令月」は二月のことなのに、「梅花の歌」の序文では、「正月十三日……」と、「一月」に用いている。これはいわば和臭《わしゅう》であって、「元号」がよって立つべき一流の作品とはいえない。「帰田の賦」では、ただしく「是に於て仲春の令月」と「二月」に用いているではないか。やはり「帰田の賦」こそ典拠とすべきだろう、と。

それでは、序文の書き手にあまり漢才がなく、あやまって書いたのでしょうか、それとも日本の風土にあわせて「和臭」化して「正月」に用いたのでしょうか。

なるほど、中国大陸と海に囲まれた日本では、気候は大きく異なります。しかし、じつは当時の漢籍から任意にひろってみても、どうやら「令月」は二月だけをいうのではなさそうです。引用する例文が煩瑣《はんさ》になるので、今は白文のままで一覧します。

(1)夫何三春之令月、嘉天気之氤氳、和風穆以布暢……。（晋の張協「洛禊賦」）
(2)伊暮春之令月、将解禊於通川。淩元巳之清晨、遡微風之冷然。川迴瀾以澄映、嶺挿嶨以霏烟。軽霞舒於翠崖、白雲映乎青天……。（晋の褚爽「禊賦」）
(3)炎精育仲気、朱離吐凝陽。広漢潜涼変、凱風乗和翔。令月肇清斎、徳沢潤無強。（晋の支遁「五月長斎詩」）
(4)今令月吉日。宗祀光武皇帝于明堂、以配五帝。礼備法物、楽和八音。……（後漢の明帝「詔驃騎将軍三公」二年正月）
(5)連星貫初暦、令月臨首歳。薦楽行陰政、登金賛陽滞。収涼降天徳、萌華宣地恵。司瑞記夜晞、書雲掌朝誓。（宋の袁淑「詠冬至詩」）
(6)維咸康三年、荊予州刺史都亭侯庾亮、敬告孔聖明霊。……令月吉辰。祇陳大礼、磬管鏘鏘、威儀済済。嘉奠既設。欽若霊規。心存鳳徳、尚想来儀。神其歆之、降鑑在斯。（晋の庾亮「釈奠祭孔子文」）

⑴と⑵は「洛禊《らくけつ》」（黄河支流である洛水でおこなわれた禊《みそぎ》）をうたう作で、三月の上巳《じょうし》の節の作。上巳の節は、三月の最初の巳《み》の日に、水辺で禊をして身や心を清めた後に、飲食をともにする行事です。⑶は詩題から五月のこと。⑷は題目から一月を「令月」と形容しています。⑸は詩題から冬至の作です。冬至の祭祀は太陽暦だと一二月半ば、もちろん「二月」ではありませんね。⑹は、孔子とその弟子たちを祀《まつ》る釈奠《せきてん》の祭礼で、献辞された文です。釈奠は、二月と八月に行われたようで、ここでの令月は二月とも八月ともいえます

ちなみに日本では、大宝元年（七〇一）二月一四日に、はじめて釈奠の記事を見ることができます[6]。

一一世紀初頭に成立した藤原公任《きんとう》撰『和漢朗詠集』にある「祝」（謝偃《しゃえん》）の

嘉辰令月《かしんれいぐゑつ》　歓無極《くわんぶきよく》　　嘉《よ》き辰《ひ》令《よ》き月、歓《よろこ》び極《きは》まること無し
万歳千秋楽未央《ばんぜいせんしうらくびやう》　　万歳千秋、楽いまだ央《やま》ず

にいたっては、三六五日のめでたいできごとのときには、いつでもどうぞ、という「令月」です。

くりかえしますが、「令月」は、かならずしも二月だけをいうわけではないのです。「令月吉日」、「令月嘉日」の意で、しばしば用いられています。したがって、「梅花の歌」の序文で正月を「令月」と表現しても、何も問題はないのです。

「天平」への改元

それでは、「梅花の歌」がうたわれた天平二年の宴は、いったいどのような雅宴だったのでしょうか。これに注目してみると、意外に「序文」の語ろうとするところが理解できるのではないか、と思われます。

天平への改元には、神亀が活躍しています。神亀六年六月二〇日に、京職《きようしき》（都の行政長官）の藤原麻呂《まろ》が「図負《あやお》へる亀一頭《ひとつ》」を献上しました。『続日本紀』には「長さ五寸三分、闊《ひろ》さ四寸五分。その背に文《ふみ》有りて云《い》はく、『天王貴平知百年《てんわうくゐへいちはくねん》』といふ」と記されています。亀の甲羅に、この七文字が認められたというのです。

亀の第一発見者は、河内国古市《ふるち》郡の賀茂子虫《かものこむし》なる人物なのですが、それを鑑定し瑞兆と位置づけ、政府に申告するよう勧めたのは、唐から渡来した僧の道栄《どうよう》だったと記録されています。ともに褒賞《ほうしよう》にあずかり、無位だった子虫は従六位上と品を、道栄は僧籍にあったため従五位下の官位に相当する緋色《ひいろ》の袈裟《けさ》と品をあたえられました。『律令』の「衣服令」によると、五位の礼服と朝服の色が浅緋だったのに準じてのことのようです。

この神亀の出現にことよせて、「此の大き瑞《しるし》の物は、天《あめ》に坐《ま》す神・地《くに》に坐す神の相《あひ》うづない奉《まつ》り福《さき》はへ奉る事に依《よ》りて、顕《あらは》し奉れる貴《たふと》き瑞《しるし》なるを以て、御世の年号改《あらた》め賜《たま》ひ換《か》へ賜ふ」と、改元します。「天王貴平知百年」（天皇は貴く、その平安な御世は百年に及ぶだろう）というめでたいことばを典拠として、「天平」が考案され新しい時代がはじまるのです。

とはいえ、この改元は、新天皇の即位にともなうものではありませんでした。改元の主因は、神亀五年九月一三日に皇太子の基王《もといのおう》が夭逝《ようせい》したこと、そして天平元年（神亀六年）二月一〇日に起きた左大臣長屋王の事変にあったことに、注目してよいのではないかと思います。基王は二歳だったと『続日本紀』には記されていますが、神亀四年閏九月二九日の誕生ですから、じつは満一歳にも満たないで亡《な》くなったことになります。皇太子の成長と即位を、なにより渇望《かつぼう》していた聖武天皇・光明子そして藤原氏の人びとに、はかりしれない衝撃をあたえたことでしょう。

基王の菩提をとむらうために、金鐘《こんしゅ》寺が建立《こんりゅう》されました。この寺の建っている台地に、やがて国分寺・国分尼寺の総本山となる東大寺が建てられます(7)。このことからみても、聖武天皇や光明子にとって、皇太子の死がどれほどの悲しみだったかが、想像されます。『続日本紀』には、二九日、流星が夜空に出現し、それが赤く光りながら四つにくだけて、宮中に落

10万点近い木簡とともに発見された長屋王邸宅跡
（奈良市二条大路南／奈良文化財研究所提供）

長屋王の宮にアワビが贄として運ばれたときの荷札である木簡。「長屋親王宮鮑大贄十編」と記されている（奈良文化財研究所提供）

ちたと書き残されています。まるでこの天空の異常は、不幸はまだ続くという不吉な予兆のようです。

翌年神亀六年の二月一〇日に、左京（朱雀大路から東側）の人漆部君足《ぬりべのきみたり》（従七位下）や中臣宮処《なかとみのみやこ》東人《あずまひと》（無位）らが、最高権力者である左大臣長屋王をこともあろうに「私《ひそ》かに左道を学びて国家を傾けむと欲《す》」と、密告しました。「左道」とは、正義に反するよこしまな道を意味します。この密告をうけとった政府の動きは、じつに早かった。その夜には政府は早馬をはしらせ、伊勢国鈴鹿関・美濃国不破関・越前国愛発関《あらちのせき》の三関をかため、兵士たちが左京三条二坊にあった長屋王の邸宅を包囲しています。まるで、「待ってました」とばかりの周到《しゅうとう》さです。

翌一一日には、舎人親王《とねりのみこ》・新田部親王《にいたべのみこ》・大納言多治比《たじひ》池守・中納言藤原武智麻呂《むちまろ》・右中弁小野牛養《うしかい》・少納言巨勢宿奈麻呂ら、政府の中枢メンバーが長屋王宅に向かい、王の罪をきびしく糾弾しています。

長屋王はそれに抗《あらが》うことなく、一二日に自害。弁明の機会は与えられたでしょうに、『続日本紀』にはその一言も書き残されていません。妃の吉備《きび》内親王、子の膳夫《かしわで》王・桑田王・葛木王・鉤取《かぎとり》王といった人びとも自ら首をくくって、長屋王のあとを追っています。

一五日、上毛野《かみつけの》宿麻呂ほか六人は配流、ただし捕縛されていた九〇人あまりの人びとは何ら罪を問われることはなく、ご放免、お構いなしとなりました。

『続日本紀』二月一五日の勅には、こう記録されています。

左大臣正二位長屋王、忍戻昏凶《じんれいこんきょう》、途《みち》に触《ふ》れて著《あらは》る。慝《いつはり》を尽《つく》して姧《かだましき》を窮《きは》め、頓《にはか》に疏《あら》き網《あみ》に陥《おちい》れり。姧党《かんたう》を苅《か》り夷《たひら》げ、賊悪《ぞくあく》を除き滅《ほろぼ》さむ。国司、衆《しゅう》有らしむること莫《な》かるべし。

「忍」はむごいこと、「戻」はひねくれていること、「昏」は暗いこと、「凶」ははなはだしく悪いこと。天武天皇の孫であり、壬申の乱の立役者であり、太政大臣となった高市皇子と天智天皇の皇女御名部《みなべ》皇女を父母とするのが長屋王。その王に、何という侮蔑《ぶべつ》のことばでしょうか。長屋王とともに国家転覆をたくらんだ者たちを一掃して、悪業を断つといい、国司に「衆」（三人以上）が何事か悪事をはたらこうとするのを許すな、というのです。

他方、一八日には、

長屋王の弟《おとひと》従四位上鈴鹿王の宅に就《つ》きて、勅《みことのり》を宣《の》りて曰はく、「長屋王の昆弟・姉妹・子孫と妾《せふ》らとの縁座すべきは、男女を問はず咸《ことごと》く皆赦《ゆる》除せ」とのたまふ。

と、勅が出ています。何のことはない長屋王だけを亡《な》きものにすれば、それでじゅうぶんこと足りたのでしょう。

じつは同じ長屋王の子どもでも、藤原不比等の娘某《なにがし》との間にできた子どもである安宿《あすかべ》王、黄文《きふみ》王、山背《やましろ》王たちは赦免されているのです。藤原氏の皇太子基王亡きいま、皇女の阿部内親王を皇位継承権第一位とするためには、母である光明子を何が何でも皇后にすえる必要があったのです。(8) それに異を唱えたのが長屋王で、長屋王には消えていただくしかなかったのでしょう。

当時、最高実力者である左大臣長屋王の死が、政府の内外の人びとに動揺をあたえないはずもありません。史実ではないけれど、仏教説話集『日本霊異記』のつぎのようなくだりは、社会の不安を如実に反映しているのではないかと思われます。ここでは、説話の一部だけを紹介します。

親王《みこ》自ら念《おも》へらく、「罪无《な》くして因執《とら》はる。此《こ》れ決定《くゑつぢやう》して死ぬるならむ。他《ひと》の為に刑《う》ち殺されむよりは、自ら死なむには如《し》かじ」とおもへり。即ち、其の子孫に毒薬を服《ぶく》せしめ、絞《くび》り死《ころ》し畢《をは》りて後に、親王、薬を服して自害したまふ。天皇、勅《みことのり》して、彼の屍骸《しにかばね》を城の外に捨てて、焼き末《くだ》き、河に散らし、海に擲《す》てぬ。唯し親王の骨は土佐国に流しつ。時に其の国の百姓《おほみたから》に死ぬるひと多し。云《ここ》に百姓患《うれ》へて官《つかさ》に解《げ》して言《まう》さく、「親王の気に依りて、国の内の百姓皆死に亡《う》すべし」とまうす。天皇、聞《きこ》して、皇都《みやこ》に近づけむが為に、紀伊国の海部《あまの》郡《こほり》の椒枡《はじかみ》の奥の島に置きたまふ。

（中巻「己が高徳を恃《たの》み、賤形《せんぎやう》の沙弥《しやみ》を刑《う》ちて、以て現《うつつ》に悪死を得し縁　第一」）[9]

皇軍に攻められた長屋王は、罪なくして捕えられ殺されるくらいなら、自殺したほうがいいと覚悟する。そこで子や孫にいたるまで、毒薬を飲ませて絞殺《こうさつ》した後、自らも毒をあおいで死んだというのです。天皇はそれらのなきがらを焼き砕《くだ》き、河にまき散らし海に捨てたのです。ただ長屋王だけは骨を土佐国に流したところ、その祟《たた》りでその国の人びとが数多く死んでしまったのでした。

それにしても、すでに骨になってしまった長屋王を、わざわざ土佐国まで運ばなくともいいのではないか、と思ってしまうのですが、これはおそらく刑罰「三流」を反映したのかもしれません。

神亀元年三月に、

諸《もろもろ》の流配《るはい》の遠近《をんごん》の程《みちのり》を定む。伊豆《いづ》・安房《あは》・常陸《ひたち》・佐渡《さど》・隠岐《おき》・土佐の六国を遠《をん》とし、諏訪《すは》・伊予《いよ》を中《ちう》とし、越前《こしのみちのくち》・安芸《あき》を近《こん》とす。

と、流罪を定めています。遠流の国は伊豆七七〇里、安房一一九〇里、常陸一五七五里、佐渡一三二五里、隠岐九一〇里、土佐一二二五里になっていました（刑部省式）。死んでしまえば遠流《おんる》も中流《ちゅうる》もないでしょうに、長屋王の無念さは余りあるものだったにちがいありません。あらぶる悪霊となって祟《たた》るのです。

天皇は人びとの上告を聞き入れ、紀伊国海部《あまべ》郡にある椒枡《はじかみ》村の沖合の島[10]に、長屋王の遺骨を移しました。聖武天皇が、土佐国より都にずっと近い紀伊国に、なぜ長屋王の遺骨を運び入れさせたのか、そのあたりの事情は不明です。親王の死霊を慰撫し、鎮魂しようとしたのかもしれません。

もう一例、長屋王の変にかかわる殺傷事件を紹介しましょう。時はすでに天平一〇年（七三八）ともなり、平穏な日々がもどったかに思われたある日……。

長屋王墓（奈良県生駒郡平群町／平群町教育委員会提供）

左《さ》兵庫少属《ひやうごのせうぞく》従八位下大伴宿禰子虫《こむし》、刀《たち》を以《もち》て右兵庫頭外従五位下中臣宮処連東人を斫《き》り殺しつ。初め子虫は長屋王に事《つか》へて、頗《すこぶ》る恩遇を蒙《かがふ》れり。是《ここ》に至りて適《たまたま》東人と比寮《ひれう》に任《にむ》す。政事《まつりごと》の隙《ひま》に相共に碁を囲む。語《こと》長屋王に及べば、憤発《いきどほ》りて罵《ののし》り、遂《つひ》に剣を引《ぬ》き、斫りて殺しつ。東人は長屋王の事を誣告《むがう》せし人なり。

ご覧のように、長屋王自尽の事件は、すべてにわたって解決ずみだったわけではないのです。生前の長屋王に可愛がられていた大伴子虫が、中臣宮処東人を殺害します。「憤発りて罵る」の一文には、この一〇年の間、主人を殺され失意のうちに日々を送ってきた子虫の、無念な真情がこもっているように感じられます。天平一〇年の時点で子虫は従八位下、東人は外従五位下です。ふたりの位階は比べものになりません。

事変を密告した時の東人は、すでにふれたように、「無位」でした。「無位」から「外従五位下」へという、この驚くような昇進は、いうまでもなく誣告《ぶこく》という卑劣な行為をおこなった東人への、最高の褒美《ほうび》だったのです。

こうして、長屋王事件の動揺は、時の政府が長屋王を亡きものにした後も、ずっと続いていたとみるべきでしょう。

東アジアを視野にして　憶良の場合

天平の初期、基王が亡くなり、さらに重鎮だった長屋王が密告されて亡くなり、朝廷は動揺していたでしょう。いや、それだけではなかったのです。国外との関係ことに新羅国との外交は、お世辞にも平穏だったとはいえないありさまだったからです。

すこし天平からさかのぼって、日羅外交のさまを見てみましょう。養老六年（七二二）五月一〇日に津主治麻呂《つのすじまろ》が遣新羅大使に任命されました。二九日に拝朝して渡海。暮れの一二月二三日に帰国しています。

翌七年八月八日に遣日大使の金貞宿《こんちょうしゅく》、副使の昔楊節《しゃくようせち》らが訪日します。ところが、この大使・副使の官位は「韓奈麻《かんなま》」（新羅一七等官位のなかの第一〇等）で、それまでのどの使者にくらべても最低の官位なのです(11)。

使節を迎えた日本側は、それを知って、おそらくないがしろにされた気分だったことでしょう。これは新羅使たちも同じで、九日、朝廷は射を競《きそ》うイベントを催しましたが、使節一行をこの競技に参加させています。かれらを国賓ではなく、あくまで貢物を持ってやってきた「蕃国」（属国）の臣下として扱ったのです。使節らもいい気分だったとは思えません。二五日に金貞宿らは帰国の途につきました。

表面的には使者の往来があり、おだやかな外交関係にあったようですが、『三国史記』「新羅本紀」（雑志・地理一・良州臨関郡）によると、じつは聖徳王二一年（養老六年）一〇月に、新羅は日本軍の襲来を想定して、毛伐郡城を築いています。日羅の関係は、臨戦態勢の一歩手前まで深刻化していたのです。[12]

鴻臚館跡展示館では、発掘調査当時の様子をそのまま残している（鴻臚館跡展示館提供）

神亀三年（七二六）五月二四日に遣日使金造近《ぞうこん》が来朝。親日派だった金順貞が死去したことを告げました。天皇は順貞のそれまでの功績に、賻物《ふもつ》「黄の絁《あしぎぬ》一百疋、綿百屯」を贈った。「喪葬令」によると、正・従一位でも「絁三十疋、布一百廿端、鉄十連」（綿に換算して八五屯）ですから、順貞の場合、破格な扱いだったといえるでしょう。秋七月一三日に造近ら使節一行は帰国しています。

その後、天平四年正月二二日、金長孫《こんちょうそん》らが来日。三月に大宰府に逗留させ、五月一一日になってやっと入京を許しています。大宰府から平城京へ上京するのに、やたら時間ばかりかかっているのは、なぜでしょうか。一九日に天子に拝朝し、六月二六日に帰国しています。ところが、不思議なことに同じ天平四年正月に、日本サイドは遣新羅使として角家主《つののやかぬし》を任命しているのです。二月二七日に家主らは拝朝し、平城京を出発しています。

こうしてみると、新羅から来た金長孫らは、まだ大宰府に逗留していた時期なのです。互いに往来する両国の使節が、アポイントをとったのか、とらなかったのか、『続日本紀』はまったく語ってくれません。角家主ら遣新羅使一行は、八月一一日に帰還しています。

家主たちが、新羅の政府といったいどのような交渉をおこなったのかも、書かれていませんが、金順貞亡き後の新羅政府が、それまでの対日本外交の姿勢を次第に変えていっただろうことは、後の天平六年（七三四）一二月、天平一〇年（七三八）正月、天平一四年（七四二）二月、天平一五年（七四三）四月などのトラブルからもじゅうぶん想像がつきます。

じつは、それだけではないのです。『三国史記』「新羅本紀」の聖徳王三〇年（日本の天平三年）四月には、つぎのような記事を見ることができます。

日本国の兵船三百艘、海を越えて我が東辺を襲《おそ》ふ。王、将に命じて兵を出し、之を大いに破る。

『続日本紀』は、両国に海戦があったことをまったく伝えていません。そこで、これは天平宝字の頃のことだとみる向きもあるのですが、「兵船三百艘」の数は誇張だとしても、何らかの紛争があったのではないか、と思われます。天平四年の来日使と遣新羅使の往来は、こうした紛争の収拾をはかるためだったのかもしれません。

ちなみに、神亀年中から天平初期当時、対新羅の門戸となっている筑前国の国守が、かの山上憶良だったことは、留意しておいてよいでしょう。憶良が国守として赴任したのは神亀三年（七二六）だといわれています。

憶良は斉明天皇六年（六六〇）の生れです。渡来人説にしたがうなら、百済亡滅の遺臣のひとりだった父、そして母とともに日本へ渡ってきたのが、天智天皇称制二年（六六三）、四歳。その後、天智天皇の子である川島皇子のそばにつかえていたのはたしかなのですが[13]、写経生だったとも僧籍にあったともいわれていて、よくわかりません。

大宝元年（七〇一）に遣唐使が任命され（執節使粟田真人・大使高橋笠間）、大録錦部道麻呂《にしごりのみちまろ》のもと、少録として白猪阿麻留《しらいのあまる》とともに憶良の名があがっています。少録は大録と同じく両国の文書を管理する役です。通辞とは異なり、「話す」「聞く」のみならず、「読む」「書く」力も必要だったはずです。憶良は母国語である朝鮮語や国家官僚としての長《た》けた日本語、そして東アジアの共通語だった中国語に、堪能《たんのう》だったのでしょう。

遣唐使一行は、上陸後、沿岸で帰国の日まで待機する者たちと迎使の先導で長安へ向かう者たちとにわけられます。録事であった憶良は役職上、長安グループだったはずです。執節大使とともに重要な催しにも参加したでしょう。また長安に住む有能な官吏や詩人・文人たちと話をかわす機会も、多くあったと思うのです。そして、この遣唐使としての貴重な経験が、後の憶良の官途を大きく左右することになるのは、これまでにも、しばしば論じられてきたとおりです(14)。

和銅七年（七一四）六月、首 皇子《おびとのみこ》（後の聖武天皇）が立太子。この年の正月には憶良は従五位下に昇叙、貴族官僚の仲間入りをしています。霊亀二年（七一六）四月に、山陰地方の伯耆《ほうき》国守となって任地に赴《おもむ》きます。このあたりは今日、山陰地方と呼ばれて、なんだか日本列島の〈うら〉側みたいな扱いをうけていますが、万葉時代は日本海を間にした中国・朝鮮半島に対する、まさに〈おもて〉側でした(15)。

対中国・朝鮮半島の施策に腕をふるうことのできる、憶良だからこその伯耆国守任命だったと思われます。

養老五年（七二一）正月二三日、佐為王《さいのおおきみ》ら一六名が東宮侍講として皇太子に帝王学を教えます。憶良もそのひとりで、メンバーはつぎのとおりです。

佐為王　伊部王《いべの》　紀男人《おひと》　日下部老《くさかべのおゆ》　山田三方《みかた》　山上憶良　朝来賀須夜《あさこのかすや》　紀清人　越智《おちの》
広江《ひろえ》　船大魚《ふねのおおうお》　山口田主《たぬし》　楽浪河内《ささなみのかわち》　大宅兼麻呂《おおやけのかねまろ》　土師百村《はじのももむら》　塩屋吉麻呂《きちまろ》　刀利宣《とりのせん》
令《りょう》

これらの講師全員の閲歴が明らかというわけではないのですが、メンバーには、山田三方、船大魚、山口田主、楽浪河内、刀利宣令など渡来系が多いのに注目されます。しかしながら、史書によるかぎり、海外経験者は、かつて僧籍にあった頃に新羅に留学した山田三方、そして憶良だけです。長安滞在の貴重な経験談は、この皇太子のサロンにおいてもきっと話題になったはずです[16]。

以上に見てきたような出自と官歴をもつ憶良は、すでに六七歳と高齢の身でありながらも、筑前国守に任じられ、ここでも外交手腕を期待されたのでしょう[17]。

東アジアを視野にして　旅人の場合

山上憶良と同じ時期に筑紫にいたのが、大伴旅人です。旅人は天智天皇称制四年（六六五）の生れですから、憶良より五歳、年下。神亀四年（七二七）の一〇月頃に大宰帥に任命され、翌年の春に赴任したようです。当時は六四歳で、こちらも高齢。ひろく知られるように、大伴氏は天孫降臨のいにしえより、武をもって天子につかえる武人《もののふ》の家がらでした(18)。

和銅六年（七一三）に九州の隼人族が叛乱《はんらん》をおこしました。日向国の南部はもともと隼人族が住んでいたのに、この年の四月に、肝坏《きもつき》・贈於《そお》・大隅《おおすみ》・姶羅《あいら》の四郡を割って大隅国をもうけてしまったことが、蜂起の発端になったようです。七月には鎮静化、「今、隼《はやひと》の賊《あた》を討《う》つ将軍、并《あは》せて士卒《しそつ》ら、戦陣に功有る者《ひと》一千二百八十余人に、並《ならび》に労《らう》に随《したが》ひて勲《くん》を授くべし」の詔が発布されています。

この鎮圧にあたったのは、旅人の父大伴安麻呂《やすまろ》です。翌年五月一日に安麻呂は他界するのですが、「大納言兼大将軍正三位大伴宿禰安麻呂薨《こう》しぬ。帝深く悼《いた》みて、詔《みことのり》して従二位を贈りたまふ」と、それまでの功労によって昇叙しています。

父安麻呂の亡き後、大伴氏の首長となったのが旅人です。彼もまた武をもって天子に仕えることとなります。養老四年（七二〇）二月、ふたたび隼人が叛乱をおこし、大隅国守の陽《や》侯麻呂《このまろ》を殺害しました。中納言だった旅人はただちに征隼人持節大将軍に任じられ、副将軍の笠御室《かさのみむろ》・巨勢真人《こせのまひと》らとともに、戦線に派遣されています。

戦果はかんばしいものではなかったようです。一万以上の兵力を投入してもなお、隼人のはげしい抵抗にあって、戦いは長期化するばかり。『続日本紀』同年六月の詔に「将軍、原野に暴露《さらさ》れて久しく旬月を延《の》ぶ。時、盛熱に属《つ》く。豈《あ》に艱苦《かんく》無けむや」とあります。猛暑のなか征討軍は一進一退をくりかえします。

こうして苦戦しているにもかかわらず、大将軍である旅人は、戦線をはなれ急きょ上京するよう命じられています。政界の最大の重鎮である藤原不比等が、八月三日に病没しました。中納言と中務卿を兼ねていた旅人は、不比等亡き中央政局で、多岐にわたる政務をこなさなければならなかったからです。

政情不安はそれだけではありませんでした。まるで九州の隼人の叛乱に呼応するかのように、北では蝦夷《えみし》に不穏な動きがあったからです。もちろんこの情報は、旅人の耳にも入っていたと思われます。九月二八日には、蝦夷が按察使上毛野広人《かみつけののひろひと》を殺害したとの知らせが、陸奥国からとどきます。急きょ播磨《はりま》の按察使だった多治比県守《たじひのあがたもり》は持節征夷《せいい》将軍、左京亮《すけ》の下毛野石代《しもつけののいわしろ》は副将軍、阿倍駿河《するが》は持節鎮狄《ちんてき》将軍にそれぞれ任命され、その日のうちに節刀があたえられました。

県守軍は東山道を、駿河軍は北陸道を進軍しています。さいわい蝦夷の叛乱は激化することなく、やがて鎮静化し、養老五年四月九日には、両軍ともに帰還しています。

ちなみに南の隼人の叛乱は、同じ五年の七月に鎮圧され、副将軍らも都へもどったようです。太政官の報告に「斬《き》りし首、獲《え》し虜《とりこ》合せて千四百余人」と記されています。斬首された者と捕虜となった者が合わせて一四〇〇あまり。凄惨《せいさん》な戦いがくり広げられたことが想像されます[19]。

天平改元の前後に視点をうつしてみましょう。『万葉集』巻六には、香椎潟《かしいがた》でうたわれた、つぎのような作品を見ることができます。

冬十一月、大宰の官人等《たち》、香椎の廟《みや》を拝《をろが》みまつること訖《を》はり、退《まか》り帰《かへ》る時に、馬を香椎の浦に駐《とど》めて、各《おのもおのも》懐《おもひ》を述べて作る歌

帥大伴卿の歌一首

いざ子ども香椎《かしひ》の潟に白たへの袖さへ濡れて朝菜《あさな》摘みてむ（巻6九五七）

大弐小野老朝臣の歌一首

時《とき》つ風吹くべくなりぬ香椎潟潮干《しほひ》の浦に玉藻刈りてな（巻6九五八）

豊前国守宇努首《うののおびと》男人《をひと》の歌一首

行き帰り常に我《わ》が見し香椎潟明日ゆ後《のち》には見むよしもなし（巻6九五九）

うたい手の大伴旅人・小野老・宇努男人ら三人が話題にしているのは、いずれも「香椎潟」です。旅人は公人の立場で香椎廟に参拝し、祭祀《さいし》がすんだ早朝に香椎潟に遊んだのでしょう。大垂姫《おおたらしひめ》を中心に八幡《はちまん》神と住吉神を合祀した香椎廟が、公のいとなむ廟となったのは神亀元年（七二四）だといわれます。その主神は、新羅征討の神託をうけ、はるか朝鮮半島まで兵を進めたという息長帯《おきながたらし》日売《ひめ》（神功皇后）。

香椎宮本殿。独特の建築様式「香椎造」は日本唯一のもの（福岡市提供）

神功皇后は、天神地祇《あまつかみくにつかみ》の助けで新羅を征服し、新羅の王は、

「今より以後《のち》、天皇《すめらみこと》の命《みこと》の随《まにま》に、御馬甘《みまかひ》と為《し》て、年毎《としごと》に船双《な》めて、船腹《ふなばら》乾《ほ》さず、柂檝《さをかぢ》乾さず、天地《あめつち》の共与《むた》退《たゆ》むこと無く仕《つか》へ奉《まつ》らむ」とまをしき。

……爾《ここ》に其の御杖《みつゑ》を以ちて新羅の国王の門《かど》に衝《つ》き立て、即ち墨江大神《すみのえのおほかみ》の荒御魂《あらみたま》を以ちて国守ります神と為て、祭り鎮めて還《かへ》り渡りたまひき。

と、属国として貢物を納めることを誓っています。「御馬甘」は、それまで日本には馬がいなかったので、半島から馬を献上し馬飼いとなって日本国に仕えようという意味のようです。

神功皇后は、新羅国王の門に杖を突き立てて日本の領土と宣言し、住吉の神を国土を鎮護する神として祭り鎮めて、凱旋《がいせん》したというのです。こうして新羅は日本を君主国とし、服属する国となりました。これが『古事記』の語るところです。

対新羅の問題が深刻化するたびに、伊勢・三輪・筑紫住吉・宇佐などの神宮とともに、神功皇后を祭祀する香椎廟への奉幣や参拝がくりかえされています。新羅親征の軍神＝帯日売の神力を祈ったのです。

旅人たちが香椎浦に馬をとめたのも、物見遊山だったわけではないでしょう。

橿日浦《かしひのうら》に詣《いた》りまして、髪《みぐし》を解き海に臨みて曰はく、「吾、神祇《あまつかみくにつかみ》の教《みをしへ》を被《かがふ》り、皇祖《おほみおや》の霊《みたまのふゆ》を頼《かがふ》り、滄海《あをうなはら》を浮渉《わた》りて、躬《みづか》ら西を征《う》たむと欲《おも》ふ。是《ここ》を以ちて、今し頭《かしら》を海水《うしほ》に滌《すす》ぐ。若《も》し験《しるし》有らば、髪自《おの》づからに分れて両《ふたつ》に為《な》れ」とのたまふ。

（『日本書紀』仲哀天皇九年四月）

と、神功皇后が新羅親征をまえに重大な誓約《うけい》をするくだりを、ふまえたものとみるべきでしょう。髪はふたつに分かれ、神功はそれを髻《みずら》に結って男装し、新羅へと兵を進める決心をしたのです[20]。旅人たちは、こうした皇后の偉業を語りながら、兵端《へいたん》が開かれたときの武運長久を祈ったのだと思います。

くりかえしになりますが、大伴旅人は、武をもって国体を堅持する「もののふ」でした。だからといって、武人の旅人が、すこぶる好戦的だったなどというつもりは毛頭ありません。武人だからといって、問題解決のために、軽率に武力を解決の手段に用いたりしないからです。有能な武人ほど兵を動かすのに慎重でしょう。

後に、旅人の子である家持に「陸奥国《みちのくのくに》に金《くがね》を出《いだ》す詔書を賀《ほ》く歌一首并せて短歌」（巻18四〇九四〜四〇九七）があります。この作品の中に、大伴氏に語り継がれてきたと思われる古詞章がうたい込められています。読んでみましょう。

大伴の　遠《とほ》つ神祖《かむおや》の　その名をば　大来目主《おほくめぬし》と　負《お》ひ持ちて　仕《つか》へし官《つかさ》　海行かば
水《み》漬《づ》く屍《かばね》　山行かば　草生《む》す屍　大君の　辺《へ》にこそ死なめ　かへり見は　せじと言立《ことだ》て
ますらをの　清きその名を　古《いにしへ》よ　今の現《をつつ》に　流さへる　親の子どもそ……

天平二一年（七四九、天平感宝元年・天平勝宝元年）、大仏鋳造に用いるための金が産出しました。聖武天皇は東大寺に行幸、盧舎那仏《るしゃなぶつ》の前に北面し、左大臣 橘諸兄《たちばなのもろえ》をとおして宣命をくだしました。その第一三詔に大伴・佐伯氏の功績が記されていました。越中国守だった家持はこれを知って感動し、「賀く歌」をうたったのです。

長歌の一部「海行かば……かえり見は せじ」は、信時潔《のぶとききよし》の作曲で歌曲「海ゆかば」として発表されました（一九三七年）。別に、右の詞章には東儀季芳《とうぎすえよし》も作曲しており（一八八〇年）、「軍艦行進曲」の一部として今日も演奏されています。

海を行くなら水漬く屍、山を行くなら草生す屍となり、大君のおそばで死ねるなら本望、わが身を顧みるようなことはすまい、朝にも夕にも大君の御門を守る守り手は、われわれ大伴と佐伯。武力をもって天子に仕えるのが、大伴氏の職掌だったのです。

これまでに述べてきたことがらをまとめてみましょう。憶良が筑前国守となり旅人が大宰帥となって、高齢でありながらともに筑紫に西下したのは、国内外の情勢と深く関わっていたとみるべきでしょう。つまり東アジアを視野にしながら考えると、「梅花の歌」をふくむ筑紫の万葉歌は、意外に理解しやすいということなのです。

天平初期の大宰府では、外交力と武力による抑止力が、絶対必要、不可欠だったのです。

天平二年の「梅花の歌」宴の意味

天平二年正月一三日に、帥の旅人を中心に九州一円の官人たちが一堂に会しました。北は対馬目《さかん》の高向老《たかむくのおゆ》・壱岐守の板持《いたもち》安麻呂、南は大隅目《おおすみのさかん》の榎《えのき》鉢麻呂や薩摩目の高向海人《あま》まで、三二名が梅花の歌を披露しています。姓名が記された三二名だけでなく、相当数の官人たちが宴に列席していた、とみるべきでしょう。梅は外来の花として珍重されていました。

やや時代がくだりますが、『続日本紀』（神護景雲三年・七六九、一〇月）に、つぎのような記事があります。

大宰府言《まう》さく、「この府は人・物殷繁《いんはん》にして天下《あめのした》の一都会なり。子弟《してい》の徒《ともがら》、学者稍《やや》く衆《おほ》し。而《しか》れども、府庫《ふこ》は但《ただ》五経のみを蓄《たくは》へて、未《いま》だ三史の正本《せいほん》有らず。渉猟《せふれう》の人、その道広からず。伏して乞《こ》はくは、列代《れつだい》の諸史、各《おのおの》一本を給《たま》はむことを。管内に伝へ習はしめて、以て学業を興《おこ》さむ」とまうす。詔《みことのり》して、史記・漢書・後漢書・三国志・晋書各一部を賜ふ。

大宰府が中央政府に陳情したのが、政治・経済の案件ではなく、右に見るように学芸のそれだったところが面白いと思います。政庁は、西海道諸国の税のうち、調と庸の物品が納められていただけでなく、図書をも蔵していたわけです。いわば国会図書館九州分館の役目を果たしていました。政治・経済のみならず文化の国際都市、それが大宰府だったのです。大宰府はたんなる地方だったわけではありません。平城の帝都からはなれた、それでいて、中国や朝鮮半島からの文化の波があらう、知的レベルの高い文化都市だったことを忘れてはならないでしょう。

このような都市ですから、舶来の梅が花を咲かせるには、まことにふさわしいロケーションだともいえます。しかし、想像してみてください、ただ梅が開花したからといって、官僚たちがはるばる遠国から物見遊山で「梅見」に集まるでしょうか。とうてい考えられません。それでは、このとき大宰府で何があったのでしょうか。それを推理するのに、『続日本紀』天平元年三月三日の記事は、参考になるのではないかと思います。

三月 癸巳《みずのとみ》、天皇《すめらみこと》、松林苑に御《おは》しまして群臣を宴《うたげ》したまふ。諸司、并せて朝集使《でうじふし》の主典《さくわん》以上を御在所《おましところ》に引く。物賜ふこと差有《しな》り。

三月癸巳（三日）といえば上巳の節であり、天皇が肆宴《しえん》を催《もよお》しても何ら不思議ではないのですが、この宴席には、朝集使となって上京していた地方官までも招かれています。本来、中央の宴に地方官が参加することはありません。ましてや「主典」（第四等官）以上の官人たちというのだから、かなりの数が集まったはずです。

盛大な宴とともに、同年二月に起きた長屋王の変に関係する風紀の粛正と政治の安定をはかる政策が、実施されたにちがいありません。翌四日には、たくさんの官人たちが昇叙の恩恵に浴するといった具合で、朝廷がそれまでの風紀を一掃しようと努めているのが想像されます。

大宰帥主催の酒宴も、長屋王亡き後の動揺の鎮静化と政権の安定を意図した、なにがしかの会合が行われ、その後に催されたものではなかったか、と思われます。すこし憶測が過ぎるかもしれませんが、自尽に追われたのは時の最高実力者だった長屋王です。祖父は天武天皇であり、父はかつて太政大臣にまでなった高市皇子。高市皇子の母尼子娘《あまこのいらつめ》が、東シナ海を市場（マーケット）に貿易で財をなした胸形君徳善《むなかたのきみとくぜん》の娘であるのは、注目してよいでしょう(21)。

先に紹介した大伴子虫だけにとどまらず、長屋王の幕下で「恩遇」をうけていた者が、胸形君の本貫であるこの筑紫にまったくいなかった、と考えるほうがむしろむずかしいでしょう。

神亀三年（七二六）からは筑前国守となっている山上憶良には、神亀元年七月七日の日付で、

　　ひさかたの天の川瀬に舟浮《う》けて今夜か君が我がり来まさむ（巻8―一五一九）

の歌があります。この一首には「左大臣の宅にして」のメモがあって、憶良も長屋王の邸宅に出入りしていたことが明らかです。意外に憶良は長屋王邸サロンの常連だったかもしれないのです。

長屋王は、養老七年（七二三）、来日した金貞宿ら遣新羅使一行を、私邸作宝楼《さほろう》に迎え、送別の宴をもよおしています。八月八日に朝廷で入貢、翌日朝廷主催の歓迎会がありました。使者は二五日には都をはなれたようなので、長屋王の詩宴は八月の半ば頃でしょうか。

現存する和漢詩集『懐風藻《かいふうそう》』に見られる長屋王の作品は、つぎのような五言詩です。

　　五言　宝宅にして新羅の客を宴《うたげ》す一首　賦して「烟」の字を得たり

高旻《かうびん》遠照《ゑんせう》開き、遥嶺《えうれい》浮烟《ふえん》靄《たなび》く。金蘭《きんらん》の賞を愛《め》でてこそ有れ、風月の筵《えん》に疲るること無し。

桂山《けいざん》余景下《くだ》り、菊浦《きくほ》落霞《らくか》鮮《あざ》らけし。謂《い》ふこと莫《なか》れ滄波《さうは》隔《へだ》つと、長く為《な》さむ壮思《さうし》の篇。

「旻」は空、どこまでも高い秋空、遠くには夕焼け、遠い山の峰には霞がたなびいている。「金蘭の賞」は、かたくゆかしい朋友のまじわりの楽しさの意。使節たちとのまじわりを、こう譬《たと》えたのです。「筵」は宴の席。秋風秋月の宴に疲れもすっかりわすれてしまう。「菊浦」がうたわれるのは、九月の重陽《ちょうよう》を意識したからでしょう。(22)

桂ににおう山の夕映えと菊の華が咲く池の霞の美しさ。だから、日本と新羅との間を海が隔てていると嘆いたりせずに、今はともに長く互いのことを思っていよう。

養老七年の遣新羅使といえば、先にふれたように、両国の関係がしだいにぎくしゃくするなかでの派遣でした。両国ともに関係悪化を望んでいたはずもないでしょう。さまざまな部署で、緊張の緩和と融和の政策が、はかられたことでしょう。作宝楼の詩宴もそのひとつといえるのではないでしょうか。そして、その宴に憶良も参加していたのではないかと思われます。さらにいうなら、憶良を筑前国守として推挽《すいばん》したのは、意外に左大臣長屋王だったかもしれません。

重ねて、憶良には「筑前国の志賀の白水郎《あま》の歌十首」(巻16三八六〇~三八六九)があります。一〇首のうち、具体的にどの歌が憶良の自作なのか、論のわかれるところです。しかし全歌に憶良の手が加わっているのは、まちがいなさそうです。

ここで注目したいのは、白水郎の歌一〇首ではなく、その直後に記されている左注です。

かなり長い引用になりますが、紹介します。

右は、神亀年中に大宰府、筑前国宗像郡《むなかたのこほり》の百姓宗形部津麻呂《むなかたべのつまろ》を差《さ》して、対馬《つしま》送粮の船の柁師《かぢとり》に宛《あ》つ。ここに津麻呂、滓屋《かすや》郡志賀村の白水郎《あま》荒雄が許《もと》に詣《いた》りて語りて曰く、「僕《やつかれ》小事有り、若疑《けだし》許さじか」といふ。荒雄答へて曰く、「走《われ》郡を異《こと》にすれども、船を同じくすること日久し。志は兄弟よりも篤《あつ》く、殉死することありとも、豈復《あにまた》辞《いな》びめや」といふ。津麻呂曰く、「府の官《つかさ》、僕を差《さ》して対馬送粮の船《ふね》の柁師に宛てたれど、容歯衰老し、海路に堪へず。故《ことさら》に来り祗候《しこう》す、願はくは相替ることを垂《た》れよ」といふ。ここに荒雄許諾《ゆる》し、遂にその事に従ひ、肥前国の松浦県《まつらのあがた》美禰良久《みねらく》の崎より船を発《い》だし、ただに対馬をさして海を渡る。登時《すなはち》忽《たちま》ちに天暗冥《くらく》、暴風は雨を交へ、竟《つひ》に順風無く、海中に沈み没《い》りぬ。これより妻子ども、犢慕《とくぼ》に勝《あ》へずして、この歌を裁作《つく》る。或は云はく、筑前国守山上憶良臣、妻子の傷《おもひ》に悲感し、志を述べてこの歌を作ると。

右の注によると、神亀年中（これは神亀元年一二月末であると推測されています）に、対馬へ食糧を送る官船の船頭に命じられた宗像郡の宗形部津麻呂が、滓屋郡志賀の海人《あま》の荒雄のもとをたずね、船頭をかわってくれるように相談します。荒男は、兄弟のようなつきあいだった津麻呂の頼みだからと、快諾しました。荒男は船頭となって出帆したものの、途中の海上で遭難し、帰らぬひととなってしまったというのです。

現在の対馬では、鶏知《けち》あたりを中心に島内で消費するコメはまかなえるようですが、この当時はそうではなく、駐留する防人たちのために本土から運び入れたのです。九州の筑前・筑後・肥前・肥後・豊前・豊後の六国が、輪番制で食糧を調達して送ったようです。

食糧の負担は輪番制でも、輸送する船舶は博多（那の大津）から出帆したでしょうし、船を操るのも筑前国の人びとだったでしょう。すると東シナ海の事情にくわしい宗像（胸形）氏や志賀島の阿曇《あずみ》氏のはたらきは、たいそう大きかったことでしょう。

志賀島
（福岡市提供／Fumio Hashimoto 撮影）

荒男が水没したのは神亀元年、それからの輪番制にしたがうと、つぎに筑前国が担当するのは天平二年です。国守はいうまでもなく山上憶良その人です。白水郎の歌には、

荒雄らは妻子の産業《なり》をば思はずろ年の八年《やとせ》を待てど来まさず（巻16三八六五）

とあることから、白水郎の歌がうたわれたのは、つぎ

の当番が回ってくる天平二年の一二月あたりらしい。先にふれましたが、もし天平三年（聖徳王三〇年）の「日本国兵船三百艘、越海襲我東辺」が正しいのなら、開戦目前なのですから、天平二年の食糧輸送は、きわめて重要だったといわなければなりません。主導の立場にあった筑前国守の憶良が、神亀元年の海難事故につよい関心をもったのは、自然といえば自然のことといえるでしょう。そして、胸形氏や志賀島の荒雄（おそらく阿曇氏の出自）への関心ゆえに、海難の悲劇をうたったのでしょう。

こうしてみると、憶良が、長屋王の変をいったいどのように受けとめていたか、気になるところです。中央から赴任した官人にしても、地方採用の官人にしても、長屋王の死はその後の一人ひとりの官途に、大なり小なりの影響をあたえたと考えるべきでしょう。

神亀六年の三月の昇叙・昇格では、藤原麻呂は従三位へ昇叙、武智麻呂は大納言へと昇格し、元号が「天平」へと改められた八月、あれほど長屋王が抵抗していた光明子（藤原夫人）の皇后冊立が、藤原氏の手によって強行されました。

長屋王の変以降、大宰府でも官人たちの新しい秩序づくりは、喫緊《きっきん》の政策だったはずです。前年の神亀六年（天平元年）三月に、平城京で天子を中心に大宴会が開かれたように、大宰府でもまた、九州一円の官人たちを招集した政治集会が催された後、梅花の雅宴があったのだと思います。集う官人それぞれの、たとえ今は亡き長屋王への思いのちがいや、現行の政治体制への姿勢のちがいはあったにしても、です。(23)

「梅花の歌」序文と「蘭亭序」

「梅花の歌」の序文は、王羲之《おうぎし》（三〇三?〜三六一?）の「蘭亭序」に学んだものらしい。これまでにも、ずいぶん説かれています。[24] 羲之は東晋の書家であり、その書体は絶賛されました。「集王聖教序」は唐の太宗（五九八〜六四九）が三蔵法師（玄奘）訳出の仏典に書いた序文などを、僧の懐仁《えにん》が石碑にしたものですが、羲之の行書から集字して彫っているようです。羲之の真筆が戦乱を経てすべて失われてしまった現在、「集王聖教序」は、もっとも羲之の作風を伝えているといわれています。

真筆「蘭亭序」は、羲之の書が大好きで熱心なコレクターだった太宗が、自らの陵墓（昭陵）に副葬させ、冥土に持っていってしまって、現存しません。「羲之頓首」にはじまる書簡「快雪時晴帖」だけは、ひさしく真筆とされてきたのですが、どうやらこれも模写本だというのが、一般的な理解です。

第七子の王献之も父の義之と負けず劣らずの能書家です。現在の復元された蘭亭の池では、ガチョウが放し飼いになっていて、「鵞池」の碑文があります。これは、義之が書いた「鵞」に、献之が「池」を書き足したという代物《しろもの》。両人の筆になるのかどうか、真偽のほどはわからないのですが、傑作だと評判です。ちなみに義之を「書聖」、ふたりを「二王」、それぞれを「大王」「小王」と呼んで、後代の書道家たちは礼讃しています。

こうした王羲之や王献之が、万葉びとにもよく知られた書家だったことは、つぎのような万葉歌からも、確かでしょう。

(1) 標結《しめゆ》ひて我《わ》が定めてし（我定義之）住吉《すみのえ》の浜の小松《こまつ》は後も我《あ》が松（巻3三九四　余明軍）

(2) 石上《いそのかみ》降《ふ》るとも雨に障《つつ》まめや妹《いも》に逢はむと言ひてしものを（言義之鬼尾）（巻4六六四　大伴像見）

(3) 思はじと言ひてしものを（日手師物乎）はねず色のうつろひ易《やす》き我《あ》が心かも（巻4六五七　大伴坂上郎女）

(4) 世間《よのなか》は常かくのみか結びてし（結大王）白玉の緒《お》の絶《た》ゆらく思へば（巻7一三二一　作者未詳）

歌の内容よりもその表記に注目してください。「てし」を「義之」「手師」「大王」の漢字を

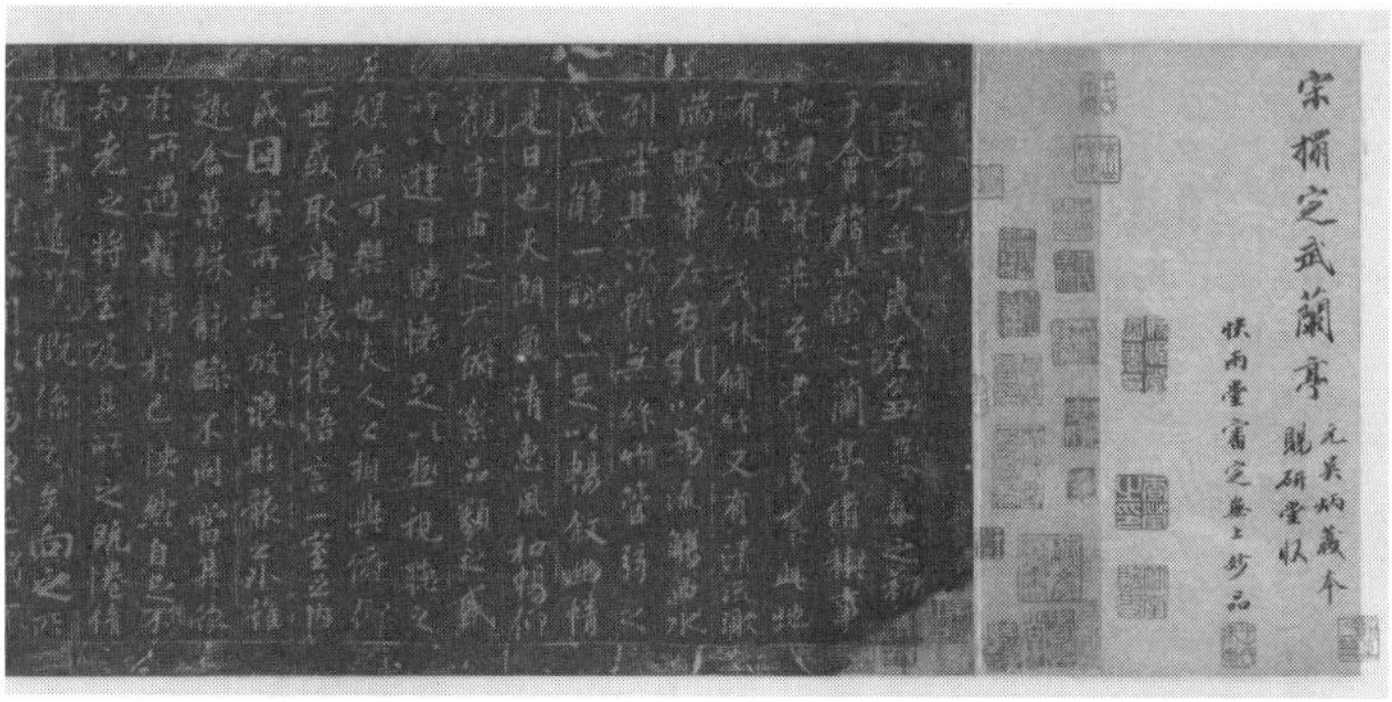

「呉炳本蘭亭序（宋拓）　王羲之筆　原跡」
（東京国立博物館蔵／TNM Image Archives 提供）

あてて表記しています。「手師」とは書家の意味です。そこで書聖として知られていた王羲之の「羲之」（義之）を宛《あ》てて「てし」と読ませ、また、献之が「小王」と呼ばれたのに対して、王羲之が「大王」と呼ばれたところから、「羲之」＝「大王」で、これまた「てし」と読もうというわけです。

余明軍《よのみようぐん》は、天平三年（七三一）七月の頃に大伴旅人の資人（召使い）だった人物。坂上郎女は、すでにふれましたが、旅人の異母妹です。大伴像見《かたみ》は、天平宝字八年（七六四）の藤原仲麻呂追討の功労で、従五位下となっている人物です。すくなくとも旅人の周辺で「羲之」＝「手師」といった表記が用いられていたのは、明らかでしょう。

もちろん「羲之」＝「てし」は、大伴氏のかぎられた人びとに用いられていたわけではありません。いま歌の表記だけで紹介するなら、

義之　巻７一三二四、巻10二〇六四、巻10二〇六六、巻11二五七八、
　　　巻12三〇二八
手師　巻８一四三〇、巻13三二七二
大王　巻10二〇九二、巻11二六〇二、巻11二八三四

といった具合です。作者未詳歌にもあって、ひろく知られた表記だったと思われます。

王羲之と王献之には、書家として、つぎのようなエピソードが語られています。

(1)時人《じじん》、王右軍を目《もく》すらく、飄《へう》として遊雲《いううん》の如く、矯《けう》として驚龍《きやうりよう》の若《ごと》し、と。

(2)謝公、王子敬に問ふ、君が書は君が家尊《かそん》に如何《いかん》、と。答へて曰《いは》く、固《もと》より当《まさ》に同じから
ざるべし、と。公曰く、外人《ぐわいじん》の論は殊《こと》に尓《しか》らず、と。王曰く、外人那《なん》ぞ知るを得ん、と。

時の人が王右軍（王羲之）を評していうには、世事を気にしないでこだわりがないところはまるで浮雲のようだし、すっと立つさまはいまや躍りあがろうとする龍のようだね、と。これは南朝宋の劉義慶《りゆうぎけい》（四〇三～四四四）がまとめた『世説新語《せせつしんご》』「容止」にあるもの。『世説新語』は、奈良の知識人たちの愛読書でもありました。ここでは人物評になっていますが、『晋書』（巻80「王羲之伝」）では、羲之の筆勢を評したことばになっています。たしかに「驚

池」碑の文字を見ていると、立ちあがって来る勢いが感じられます。

ついで王献之の書の評。これも『世説新語』「品藻」からの引用です。謝公（謝安）なる人物が献之にたずねていうには、あなたの書は父君の書にくらべてどうですか。これは、献之が羲之に学んだ書法をかえて、隷書を得意としたのをふまえての質問でしょう。世間の人びとは、章草（草書の古体）では羲之にはるかに及ばないと評判しているというのです。「外人那ぞ知るを得ん」（世間の奴らに何がわかるものか）のセリフには、献之の自負があるでしょう。こうしたエピソードとともに語られていたのが、羲之であり献之でした。

それでは、王羲之作の「蘭亭序」とは、いったいどのような作品でしょうか。「蘭亭序」とその私訳をあげてみます。

永和九年、歳《とし》は癸丑《きちう》に在る暮春の初め、会稽山陰の蘭亭に会《つど》ひて、禊事《けいじ》を脩《をさ》む。群賢《ぐんけん》畢《ことごと》く至り、少長《せうちやう》咸《みな》集まる。此の地に、崇山峻領《すうざんしゆんれい》、茂林脩竹《もりんしうちく》有り。又、清流激湍《げきたん》有りて、左右に暎帯《えいたい》す。引きて以て流觴《りうしやう》の曲水と為《な》し、其の次《つぎて》に列坐《ゐなら》ぶ。糸竹《しちく》管弦の盛《せい》無しと雖《いへど》も、一觴《しやう》一詠、亦《また》以て幽情を暢叙《ちやうじよ》するに足る。是の日や、天朗《ほがら》かに気清く、恵風和暢《けいふうわちやう》す。仰ぎでは宇宙の大《おほき》なるを観《み》、俯《ふ》しては品類の盛りなるを察《み》る。目を遊ばしめ、懐《おもひ》を騁《は》する所以《ゆゑん》にして、以て視ると聴くとの娯《たのし》みを極むるに足る。信《まこと》に楽しむべし。

夫《そ》れ人の相与《あひとも》に一世《いつせい》に俯仰《ふぎやう》するや、或《あるい》は諸《これ》を懐抱《くわいはう》に取りて一室の内に悟言《ごげん》し、或は託する所に因寄《いんき》して、形骸の外《ほか》に放浪す。趣舎万殊《しゅしゃばんしゅ》にして、静躁《せいさう》同じからずと雖も、其の遇ふ所を欣《よろこ》び、蹔《しばら》く己《おのれ》に得るに当たりては、快然《くわいぜん》として自《みづか》ら足り、老《おい》の将《まさ》に至らんとするを知らず。其の之《ゆ》く所既に倦《う》み、情事《じやうこと》に随ひて遷《うつ》るに及んでは、感慨之《かんがいこれ》に係《かか》れり。向《さき》の欣ぶ所は、俛仰《ふぎやう》の間《かん》に、以《すで》に陳迹《ちんせき》と為《な》る。猶之《なほこれ》を以て懐《おもひ》を興《おこ》さざる能はず。況んや脩《しう》短化《たんか》に随ひ、終《つひ》に尽くるに期《き》するをや。古人云はく、死生も亦《また》大なりと。豈《あ》に痛ましからずや。

毎《つね》に昔人《せきじん》感を興すの由《よし》を攬《み》るに、一契《いっけい》を合《あは》せたるが若《ごと》し。未《いま》だ嘗《かつ》て文に臨んで嗟悼《さたう》せずんばあらず。之《これ》を懐《こころ》に喩《さと》ること能はず。固《まこと》に死生を一《いつ》にするは虚誕《きよたん》たり、彭殤《はうしやう》を斉《ひとし》くするは妄作《まうさく》たるを知る。後《のち》の今を視るも、亦《また》由《な》ほ今の昔を視るがごとくならん。悲しいかな。故に時人《じじん》を列叙し、其の述ぶる所を録す。世《よ》殊《こと》に事異《ことな》りと雖も、懐《おもひ》を興《おこ》す所以《ゆゑん》は、其の致《むね》一《いつ》なり。後《のち》の攬《み》る者も、亦《また》将《まさ》に斯《この》の文に感ずる有らんとす。

永和九年　癸丑《みずのとうし》の歳（三五三）、暮春三月三日、会稽郡山陰県の蘭亭につどい、禊《けい》事をおこなおうとする。紳士諸賢、老いも若きもにぎやかに顔をそろえた。この地は高い山やまにかこまれ、林は美しく茂り、竹は高く伸び、清流激湍は陽光に映え、あちこちに長くのびている。その川の水を引いて觴《さかづき》を流すための曲水をつくり、流れにそって人びとは居並んで坐る。にぎやかな糸竹管弦の演奏こそないけれど、一觴の酒を飲み一首の詩を詠じて、胸中の思いをのびやかにうたいあげることができる。今日、天は朗らかに晴れわたり、空気は清く澄み、三月の恵みの風がうららかに吹きわたる。空をふり仰いでは広大な宇宙を眺め、大地を見回しては生え育つ万象を眺めやる。目を好きなように遊ばせ、心をのびやかにする手立てで、耳目の楽しみを極めるのにじゅうぶんである。なんとも楽しいかぎりではないか。

そもそもわたしたちがこの世を生きているということは、ある人はその思いをもって一室のうちに集まって、語りあうこともあるだろうし、ある人は好き嫌いが同じ者同士が集まって、気ままに付きあうこともあるというもの。世間には人の生き方はさまざまで、その動も静も同じではないけれど、賢者もいるし君子もいる、へつらう奴もいるし小者もいるというわけだ。いずれにしても類は友を呼ぶというので、出会いの場によろこび安んじて、わが意を得たりと満足し、迫る老いも忘れて夢中に過ごす。とはいえ、その楽しみにもなれてしまって、ふと感情がうつろうと、悲しみもわいてくるというものなのだ。ついさっきまで集まって愉快に過ごしていたところには、もうだれもいない。それだけでも悲しいのに、集った者も長生・短命の差こそあれ、消滅の道理のままについにはだれもだれも皆、過去の人になるとは、なおのこと悲しい。昔の人も「死生は人生の重大事」といっているではないか。なんといたましいことだろう。

昔の人が感動したことを見てみると、まるで申し合わせたように、だれも文章や典籍によってしか伝達することはできないのだ。生と死はひとつものと説いたり、幼くして死んだ子が長寿で、七〇〇年生きたといわれる彭祖が短命だという荘子の理屈など、まったくの空言《そらごと》なのだ。わたしたちが昔の人たちを見ているように、後の人たちは今のわたしたちを過去の人として見るだろう。悲しいことだが、そういうことなのだ。そこで、ここにいる人たちの名を並べ記して、作品を記録しておこうと思う。時がながれて事情がちがってきたって、文章や典籍によって思いを興すという方法になんら変わりはない。後代の人びとも、この蘭亭集によって心を動かしてくれるにちがいない。

「梅花の歌」序文の冒頭「天平二年正月十三日に、帥老の宅に萃まりて」は「蘭亭序」の冒頭「永和九年、歳は癸丑に在る暮春の初め、会稽山陰の蘭亭に会ひて、禊事を修む」を、「初春の令月にして、気淑く風和ぎ」は「是の日や、天朗かに気清く、恵風和暢す」を、「言を一室の裏に忘れ」は「或は諸を懐抱に取りて一室の内に悟言し」に学んだものと思われます。そもそも「梅花の歌」の序文「古と今とそれ何そ異ならむ」は、「蘭亭序」の「後の今を視るも、亦由ほ今の昔を視るがごとくならん……亦将に斯の文に感ずる有らんとす」を前提にしたものにほかなりません。

一説に、梅花の宴の主人である大伴旅人は、東西にひろく知られた有名人であり蘭亭の主人だった王羲之をきどっていた、といった主張もあるくらいです。

ただ「梅花の歌」の序と「蘭亭序」のちがいもあります。「蘭亭序」では先に読んだように、「況んや脩短化に随ひ、終に尽くるに期するをや。古人云はく、死生も亦大なりと。豈に痛ましからずや」とつづっています。長生や短命と差はあっても、結局は生者必滅《しょうじゃひつめつ》の原理のままに、ついにはことごとく過去の人になってしまうというのです。

王羲之は、「仲尼曰く、死生も亦大なり」（『荘子』内篇・徳充府）を引き合いにしながらも、生と死をひとつものとするのを「虚誕《そらごと》」だとし、同じ荘子のいう「殤子《しやうし》より寿《じゆ》なるは莫《な》く、彭祖《はうそ》を夭《えう》と為《な》す」（同・斉物論）を「妄作《いつわり》」だと主張してます。過去は過去、現在は現在、そしてこの現在もやがて過去になるのだ、と。生死への深いまなざしがあるといってよいでしょう。

「梅花の歌」の序は、こうした「蘭亭序」を基調としながらも、生死への言及はありません。正月の宴にふさわしく「古と今とそれ何ぞ異ならむ」というだけで、生死の問題に深入りすることなく、むしろそれをスルーしているかのようにみえます。序文にこめた意思が、王羲之と大きく異なるからでしょう。逆にいうなら、「蘭亭序」に見ることのない語句「促膝」に注視すると、それが見えてくるように思われるのですが、この問題は先送りにして、「梅花」にのみ注視しましょう。

まず、旅人邸に集った人びとが、なぜ梅花をうたったのかを考えます。これは単純な疑問のようですが、意外に重要な意味がありそうです。

なぜ梅花をうたうのだろうか

「梅花の歌」序文が、「蘭亭序」に学びながら創作されているのは、明らかです。とはいえ、王羲之が催した蘭亭での詩宴は、観梅の宴だったわけではありません。くわしくふれるゆとりはありませんが、蘭亭の詩宴でうたわれる草木は、「修竹」（孫綽）・「青蘿」（謝万）・「竹柏」（孫統）・「松竹」（王玄之）・「疏松」（王徽之）・「鮮葩」（王彬之）・「芳蘭」（徐豊之）などです。もちろん蘭亭の集いは三月三日の上巳《じょうし》節のイベントですから、(25)梅花がうたわれるはずもないのですが……。

それでは、大宰府で旅人たちがもうけた宴で、なぜ梅花がうたわれるのでしょうか、それも開花を待ちのぞむ歌や花が咲いた喜びをうたうのではなしに、「散る」歌なのでしょうか。「令和」を位置づけるうえでも、考えておいてよさそうです。

「梅花の歌」三二首（巻5八一五～八四六）と「後に追和する梅の歌四首」（巻5八四九～八

五二）をあわせた三六首の中で、「散る」のをうたうのが一六首もあります。つまり、おどろくべきことに、半数近くが「散る」梅をうたっているのです。二、三首、具体的に作品をひろって、鑑賞しましょう。

我《わ》が園に梅の花散るひさかたの天《あめ》より雪の流れ来るかも（巻5八二二）
春の野に霧立ち渡り降る雪と人の見るまで梅の花散る（巻5八三九）
残りたる雪に交《ま》じれる梅の花早くな散りそ雪は消《け》ぬとも（巻5八四九）

右の第一首目は、「主人《あるじ》」（大伴旅人）の歌です。庭の白梅が花びらを散らします。それを天空から雪が流れ来るようだ、とうたっています。「来る」は天の果《は》てから旅人に向って雪が注いでくるといった感覚でしょう。「雪の流れ来る」は漢語「流雪」を翻訳したことばです。歌を聴いている宴席の人びとは、エキゾチックで斬新な歌と感じたことでしょう。

第二首目は、筑前国目《さかん》の田辺真上《まがみ》の歌。梅の花が散るさまを、春の野を一面に曇らせて降っている雪のようだとうたいました。「霧立ち渡る」は、霧が立っているさまではなく、霧《き》らう状態、つまり一面に曇《くも》らせて雪が降っている状態を表します。まるでそのように見えるように、梅が花びらを散らしているというわけです。

最後の一首は、「後に追和する梅の歌四首」と題詞にあるうちの第一首目の歌です。梅花の宴が終わった後に、宴に参加しなかった人が追って和したかたちをとっていますが、じつは旅人が都にいる吉田宜《よろし》なる人物に(26)「梅花の歌」三二首をまとめて送るにあたって、追補したのだろうといわれています。

雪と花とを取り合わせた歌は、先に紹介した八二二や八三九のほかにも、

梅の花散らくは何処《いづく》しかすがにこの城《き》の山に雪は降りつつ（大伴百代《ももよ》　巻5八二三）
妹《いも》が家《へ》に雪かも降ると見るまでにここだも紛《まが》ふ梅の花かも（小野国堅《くにかた》　巻5八四四）

といった歌があります。さらに「散る」ことを惜しむ歌は、

我が宿《やど》の梅の下枝《しづえ》に遊びつつうぐひす鳴くも散らまく惜しみ（高氏海人《あま》　巻5八四二）
うぐひすの待ちかてにせし梅が花散らずありこそ思ふ児がため（門部石足《いそたり》　巻5八四五）

といった歌を見ることができます。ともに梅花と鶯をうたい、当時の異国趣味だった「花鳥《かちょう》」のスタイルをとっています。「花鳥」文様は、当時たいへんもてはやされていました。(27)こうして見てくると、せっかく梅花をめでる宴にもかかわらず、梅の花が「散る」のに着目した歌が多いのに、やはりおどろかされるのです。

それでは、梅の花が「散る」のをうたうのは、この宴のみに見られる特色でしょうか。そうではなさそうです。『懐風藻』から、梅花をうたう詩一篇をひろってみましょう。

寛政《くわんせい》の情既《こころすで》に遠く、迪古《てきこ》の道惟《こ》れ新し。
穆々四門《ぼくぼくしもん》の客《まらひと》、済々《せいせい》三徳の人。
梅雪残岸《ばいせつざんがん》に乱れ、煙霞《えんか》早春に接《つらら》く。
共に遊ぶ聖主《せいしゆ》の沢《たく》、同《とも》に賀《ほ》く撃壌《げきじやう》の仁。

これは大伴旅人の「初春宴に侍す」と題された五言詩です。大意を述べると、こうです。寛大な政治をおこなう天子のみ心はずっと遠くからかわらず、上古の正しいご政道は今や刷新されてなお続けられている。四方の宮門からやってくる来賓は美徳があって慎み深く、三徳（知徳・仁徳・勇徳）をそなえた群臣たちは、威儀をただして宴に列席する。梅の花に降りかかる雪は水際の岸に乱れ散り、春霞は初春の空にたなびいている。皆ともに天子の恵みの宴席に列し、その仁徳による天下太平の世をたたえる。作品はおおよそ以上のような大意で、初春の景色を描きながら、天子の徳をたたえています。

別に、出席した宴席が、どのようなものだったかの事情はわかりませんが、旅人は神亀元年（七二四）の吉野行幸の際にも、奏上を予定した天子の徳をたたえる「暮春の月、吉野の離宮《とつみや》に幸《いでま》す時に、中納言大伴卿、勅《みことのり》を奉《たま》はりて作る歌一首并せて短歌」（巻3三一五、三一六）を創作しています。「未《いま》だ奏上を経《へ》ぬ歌」と割り注が記されているところから、あらかじめ準備していたものの、披露する機会はなかったようです。

み吉野の　吉野の宮は　山からし　貴《たふと》くあらし　川からし　さやけくあらし
天地《あめつち》と　長く久しく　万代《よろづよ》に　変はらずあらむ　行幸《いでまし》の宮（巻3三一五）

反歌
昔見し象《きさ》の小川を今見ればいよよさやけくなりにけるかも（巻3三一六）

吉野の山河をめで、そうした恒久の自然の讃美が、そのまま天子の讃美となっています。「山からし……水からし」の対句の表現は、『論語』（雍也《ようや》編）の「知者《ちしゃ》は水を楽しみ、仁者《じんしゃ》は山を楽しむ」を、「天地と　長く久しく」は漢籍に頻出する「天地長久」を、そして「万代に変はらずあらむ」は同じく漢語の「万代不変」を直訳したような表現となっています。

中国語版『万叶集』（詩苑翻林　楊列訳）の、

吉野芳野宮　山川皆无窮　山岳尊且貴　河川清且豊　天地共長久　万代一从同
万代永不変　芳野此離宮

反歌

昔日曾相見　当年象小河　今朝来再見　河水満清波

とならべてみると、旅人の歌がたとえ和歌のままでも、じゅうぶん漢詩の風趣をうかがわせていることが明らかでしょう。

先に紹介した『懐風藻』の中の漢詩も、養老・神亀の頃に披露されたのかもしれません。「散る」梅花の美意識も、海彼の中国文学から学んだものといってよいでしょう。

中国文学に梅詩あり

落梅といえば、中国最古の詩集『詩経』（国風・召南）で、

摽《へう》と有《そ》れ梅のみ、其の実は七つ、我を求《まね》かむ庶士《しよし》よ、其の吉《よ》きひとに迨《したが》はむ。
摽と有れ梅のみ、其の実は三つ、我を求かむ庶士よ、其の今《まこと》あるに迨はむ。
摽と有れ梅のみ、頃筐《けいきやう》に塈《つく》す、我を求かむ庶士よ、其の謂《ねんごろ》なるに迨はむ。

とうたわれています。「摽」は落ちる音を写したもの。ここでは落ちるのではなく投げ落とす、の意。年頃の女が、梅の実を好《す》いた男にポンと投げた。落ちるのは花びらではなく、実。「頃筐」（手かご）いっぱいに持って来たのに、あーあ、もうなくなってしまった、というのです。いにしえの中国では、女たちは好意をもっている男性に果物をぶつけ、あたった男は佩玉《はいぎよく》

(礼服のときに腰におびる玉飾り)などを贈って夫婦になる、そういう習俗(投果求士)があったようです。ただし、今、話題にしている「落梅の篇」とは、内容がかなり遠いですね。

別に、楽府《がふ》詩に「梅花落」があります。「楽府」とは、もともと前漢の武帝のときに、音楽を管理するために創設された役所の名だったのですが、後に管理している音楽そのものも「楽府」というようになりました。「梅花落」は、辺境の地に出征した防人たちがうたう望郷心、あるいはまた都に残されている妻や恋人が防人たちを慕う恋情が、基調になっている楽府詩です。

辺塞の詩歌「梅花落」は、やがて創作詩のひとつのジャンルとなり、大いにうたわれました。(28)

唐の盧照鄰《ろしょうりん》(六三四〜六八九?)の「梅花落」を読んでみましょう。

梅嶺花初発　　梅嶺、花初めて発《ひら》き、
天山雪未開　　天山、雪いまだ開《と》けず。
雪処疑花満　　雪の処《ところ》、花満《み》つるかと疑ひ、
花辺似雪回　　花の辺《あたり》、雪に似て回《まは》る。
因風入舞袖　　風に因《よ》り入りて袖に舞ひ、
雑粉向妝台　　雑粉として妝台《しやうだい》に向《むか》ふ。

匈奴幾万里　匈奴《きようど》、幾万里、
春至不知来　春至りて来《きた》るを知らず。

前半は男の、後半は女の、それぞれの心情がうたわれています。梅は咲いたものの、天山は雪におおわれて春まだ遠く、一面の雪景色はまるで梅が花開いたかと疑われる、とうたうのです。都にいる女の周《まわ》りは、梅が花弁《はなびら》をしきりに散らし、まるで好《す》いた男が駐留している、辺境の雪景色が想像されてくるとうたう。風に運ばれて袖に舞い込み、白粉《おしろい》のように化粧台に散りかかる。なのに、匈奴の地は幾万里もの彼方、春は来たのに男は帰ってこない、と。「雑粉として妝台に向ふ」は、そのまま、「梅花の歌」序文の「梅は鏡前《きやうぜん》の粉《こ》を披《ひら》き」と響き合うでしょう。

たとえば、長安から一三〇〇キロほど、河西回廊を西へ向かうと、匈奴を討った前漢の将軍霍去病《かくきよへい》（前一四〇〜前一一七）ゆかりの地方都市、酒泉《しゆせん》があります。匈奴との戦いをつづける霍去病の労をねぎらうために、武帝は一瓶の酒を届けさせました。霍はそれを泉に注ぎ、兵とともに分かちあって飲んだといわれています。そこで名づけて酒泉。今日も美しい水都です。

別の言い伝えでは、李広利《りこうり》（?〜前八八）なる将軍が、この土地の長老から酒を献上され、それを泉に注いだのだ、ともいわれています。李広利といえば、妹は武帝の寵妃李夫人であり、兄は有名な詩人李延年《えんねん》です(29)。

この広利は、武帝から兵数万をあたえられて、血の汗を流し一日に千里を走るといわれる名馬「汗血馬《かんけつば》」を手に入れるために出征します。ところが匈奴にはばまれ、失敗して、敦煌《とんこう》まで撤退しました。武帝はこれに激怒して、玉門関より東側にもどることをかたく禁じました。そのために、二年ほど敦煌ちかくで駐屯を強いられたといわれています。

そういえば、ずいぶん昔になりますが、N先生のおともで、西安から敦煌まで河西回廊《かせいかいろう》をたどって旅したことがありました。シルクロード（絲綢之路）のごく一部なのですが、蘭州では白塔山《はくとうざん》から市街を見下ろすことができます。白塔山と蘭州駅のある市街のあいだには、黄河が流れ、黄河にかけられた黄河鉄橋では、かつてこの橋の権益をめぐって回族の軍閥と人民解放軍との熾烈《しれつ》な攻防があったと聞きました。

長い中国の歴史のモジュールからすると、〈ごく最近〉とでもいえそうな近代まで、異民族の抗争はたしかに続いていたのだと、そこを車でわたりながら実感したことでした。

白塔山とは黄河の対岸になるのですが、蘭州市の南には皐蘭山《こうらんざん》があります。「皐」はサツキの花の名ですから、なんとも美しい名のついた山です。ここにある五泉山公園の由来も、例の霍去病の匈奴長征にあります。長征の途中、飲み水に困って漢軍は疲《つか》れはて、まったく先に進めない。そのとき、霍去病は山頂に馬を走らせ、手にもっていた鞭《むち》で山腹を五回つき刺しました。すると、みるみるうちにそこから五つの泉が生じ、兵たちはのどを潤《うるお》すことができたのだ、と。
ここでも、辺塞の将軍霍去病の伝説が語られていました。西安の郊外、武帝の茂陵《もりよう》のそばにある霍去病の墓を訪ねたばかりでしたので、それを聞いて感慨ぶかいものがありました。ちなみに霍去病の墓は、かれが西域で朝夕ながめていた、祁連山をモデルにかたどった墳丘になっている、とか。
つい酒泉から話題がそれてしまいましたが、かつて古代の酒泉の市内は、一方に中国人が住み、一方に回教の商人たちが住んでいたといわれます。工芸美術廠《しよう》（美術工芸品の工場）では、月の光にあたると透明になる夜光杯《やこうはい》がつくられています。大雑把に原石をカットし、細部を研磨機でさらにカットする。やがて淡い半透明の、光沢のあるカットグラスが姿をあらわします。

葡萄美酒夜光杯
欲飲琵琶馬上催
酔臥沙場君莫笑
古来征戦幾人回

葡萄《ぶだう》の美酒、夜光の杯、
飲まんと欲《ほつ》すれば、琵琶馬上に催《もよほ》す。
酔《ゑ》ひて沙場《さぢやう》に臥《ふ》す、君、笑ふこと莫《な》かれ、
古来征戦《こらいせいせん》、幾人か回《かへ》る。

盛唐初期の詩人王翰《おうかん》（六八七？～七二六？）の、あまりにも有名な「涼州詞」です。「涼州」

万里の長城の西の起点「嘉峪関」

は現在の甘粛《かんしゅく》省と寧夏《ねいか》回族自治区一帯をいい、現在では甘粛省の別称のようになっています。ブドウでつくったワインを、夜光の杯に注いで飲もうとすると、琵琶の音《ね》が馬の背で鳴りひびく。酔ってしまい砂漠にたおれ臥しても、君よ、笑うことなかれ。昔から出征していった者で、いったい幾人が帰ってきたというのか。七言詩の意味は、こうしたところでしょう。ワインと夜光杯・琵琶・砂漠、どれもが辺塞の都市である酒泉にふさわしいと思います。

　この酒泉にある鐘楼基壇の東西南北は、トンネルとなっていて、それぞれ四方につぎのような扁額がかかげてあります。

東迎華嶽　南望祁連　西達伊吾　北通砂漠

　東は長安の近くにある華山《かざん》に向かい、南は祁連《きれん》山脈を望み、西は伊吾《はみ》に達し、北はゴビ砂漠を通る、と。

砂漠のかなたは内モンゴルのカラホト、そしてウランバートルへと通じています。辺塞の酒泉は、東西南北の交通の要衝《ようしょう》であり、さまざまな文化の入りまじる国際都市でもあったのです。

酒泉から甘新公路（甘粛省と新疆をむすぶ道路）を西へ。やがてゴビ砂漠のなかに長城の最西端、嘉峪関《かよくかん》が見えてきます。いま見られる三層の城塞は明代に設計されたものですが、威風堂々とした建物はまさに圧巻です。

いつの頃から語られはじめたのか、まったくわかりませんが、防人たちが出陣するとき小石を床に打ちつける習わしがあったようです。打ちつけた反響音が、スズメの鳴き声のような木霊《こだま》となって壁を伝ってかえってくると、ふたたび無事にかえってくることができるというのです。

城門を出て戦場にむかい、ついにもどることのなかった防人たちは、いったいどれほどいたのだろうと、感傷的な気分になったことでした。

遠く、安西、敦煌、そして陽関や玉門関を経てローランへ。タクラマカン砂漠の西には、インドやペルシャ、ローマへとつづくシルクロードがさらにのびています。

長安のはるか西域の辺境の地でうたわれたのが、楽府詩の「梅花落」だったのです。

大宰府という辺塞の文学

中国の「梅花落」をふまえて、筑紫の「梅花の歌」の宴に話題をもどしましょう。神亀五年（七二八）、大宰少弐だった石川足人《たるひと》が任期を終えて帰京することとなりました。餞別の宴の席で大伴旅人と歌を贈答しています。

大宰少弐石川朝臣足人の歌一首
さすたけの大宮人《おほみやひと》の家と住む佐保《さほ》の山をば思ふやも君（巻6九五五）
帥大伴卿《そちおほとものまへつきみ》の和《こた》ふる歌一首
やすみしし我《わ》が大君《おほきみ》の食《を》す国は大和もここも同じとぞ思ふ（巻6九五六）

足人は高齢の旅人をこの地に残して帰京する遠慮からでしょうか、旅人のなれ親しんだ奈良の佐保の山をうたって、その郷愁に心をそえています。しかし、旅人は天子がお治めになる国は、大和国もその大和から隔たったこの筑前国も、何もかわりはないのだと思う、とうたっています。和した歌は、もちろん本音ではなかったでしょうが、大宰帥という立場からうたう餞別の歌は、当然このようにうたうしかなかったはずです。律令体制のもと、政治思想のおおもとは〈八紘一宇《はっこういちう》〉でなければならないからです。

現実は、都にいた吉田宜が大宰府の旅人に送った書簡にある、「碧海《へきかい》地を分ち、白雲天を隔《へだ》つ」（巻5八六四の右）に表現されるような辺境の地、それが筑紫という地方でした。

別に、憶良もつぎのようにうたっています。

敢《あ》へて私《わたくし》の懐《おもひ》を布《の》ぶる歌三首（中の二首）

天離《あまざか》る鄙《ひな》に五年《いつとせ》住まひつつ都のてぶり忘らえにけり（巻5八八〇）
我《あ》が主《ぬし》のみ霊《たま》賜《たま》ひて春さらば奈良の都に召上《めさ》げたまはね（巻5八八二）

国守の任期は四年です。すでに憶良は任期を過ぎていたのでしょう。いなかに五年も住み続けて、都の風俗をすっかり忘れてしまいましたよ、とうたっています。「てぶり」は「手振り」で、からだがおぼえているはずの、ごく何気ない身ぶり手ぶりの習慣を忘れてしまうこと、それが都を失ってしまう悲しみなのです。

だから、あなたの恩恵をいただいて、春になったら都に召しあげていただきたい、と。
梅花の宴に参集した官人たちも、一触即発の対新羅との緊張をかかえながら、かつて河西《かせい》回廊《かいろう》のかなたに派遣された異国の防人たちよろしく、この辺塞（大宰府）に暮らす悲しみを分かち合い、心晴れるまで観梅の苑で遊んだのではないかと思われます。

大宰府政庁跡（九州歴史資料館提供）

憶良が宴のメンバーのひとりだったことは、いうまでもありませんが、この憶良の歌は盧照鄰《ろしょうりん》の「梅花落」を横ならべにしてみると、よく理解できるように思われます。つぎのような一首です。

春さればまづ咲く宿《やど》の梅の花ひとり見つつや春日《はるひ》
暮らさむ（巻5八一八）

ここでうたわれている「宿」は、うたい手である憶良の家を意味します。「や……む」を反語とみるか意志・推量とみるかで、解釈がわかれるところです。反語の表現とみると、「ひとり眺めて春の一日を暮らすことだろうか、そのようなことは、とてもできない」となり、宴に進んで参加しようとする憶良の姿がうかんでくるでしょう。

それを意志・推量の表現とみると、「春が来るとまず咲くわが家の梅の花、この花をただひとり見ながら長い春の一日を暮らすことだ」といった意味になります。

『万葉集』でうたわれる「ひとり」は、好ましい人と「ふたり」そろっているのを前提に、そろっているはずの「ふたり」が欠けているために「ひとり」だ、という心境をうたうのがふつうです。憶良の歌もそうした「ひとり」をうたっているとみてよいと思われます。(30)

そこで、憶良は、二年ほど前（神亀五年・七二八）の春に妻大伴郎女《いらつめ》を亡くしていた旅人の孤独を忖度して、梅花歌をうたったのだ、という解釈があります。しかしながら、憶良が酒宴の席で、亡くなった妻（それも自分ではなく旅人の）を話題としてもち出してくるほど、無神経な人物だったとは思われません。では、やはり反語表現でしょうか。いやいや「ひとり見つつや春日暮らさむ」の孤独感は、やはりこの歌からぬぐうことはできない……さて、こまった。

じつは憶良も、楽府「梅花落」をじゅうぶんに踏まえてうたったのではないか、と思います。「梅花落」は、先に紹介した盧照鄰の作だけではありませんが、仮にこの盧照鄰の「梅花落」とならべると、憶良は、後半部の都にいる女性の立場でうたってみたのではないでしょうか。そういう解釈も一案として成り立つのではないか、と思うのです。

遠路のかなたの人を思いやる、平城京にいる妻や恋人の「梅花落」、それが憶良の歌ではないでしょうか。

「梅花の歌」の序文が語りかけるのは

新元号「令和」が、「梅花の歌三十二首」の序文「初春《しよしゆん》の令月《れいげつ》にして、気淑《きよ》く風和《やはら》ぎ……」を典拠にすることは、すでに書いてきたとおりですが、ここから「令和」のことばを取りだした時、どのようなメッセージを受け取ることができるでしょうか。

公的に諸外国に「令和」を説明するうえで、Beautiful Harmony（美しい調和）とかBeautiful Japan（美しい日本）と表現するのがよいのではないか、ともいわれています。「令」には「善い」「好い」「美しい」の意味があり、なるほど「美しい調和」ともいえるし、「和」は日本の古名「大和」でもあります。「うるはし」は破たんのない美しさを意味します。『万葉集』ではないのですが、『古事記』には、

やまとは　国のまほろば　たたなづく　青垣《あをかき》　山籠《ごも》れる　やまとし美《うるは》し（記三一）

の古歌謡が残されています。ここでは、ヤマトタケルが三重の鈴鹿《すずか》あたりでうたった「望郷歌」になっています。

しかし、もともとは国を讃美する「国ほめ歌」としてうたわれていたらしい。「たたなづく」は「たたむ」（衣類などをおりかえし、重ねととのえる）と同根のことばで、「重なりあう」の動詞です。重なりあった緑豊かな山、その山やまにぐるりと囲まれた「やまと」は、まことにうるわしいというのです。緑あふれる自然は、春夏秋冬、彩《いろど》りをかえ美しい光景で、わたしたちを楽しませてくれます。たしかに、「うるわしい日本」と解釈してもよいかもしれません。

とはいえ、「梅花の歌」の序文を典拠とするのなら、これだけではまだ不十分ではないか、と思われます。語句のみならず、典拠となる文の文脈（コンテキスト）の中で考えないと、自ずと意味もかかわってくるからです。序文の全体を読まずにいて、ああだこうだと論議するのは、あまりかしこいとはいえないのではないか、と思います。読者のわたしたちは、もうすこし序文の後半にも、目を配るべきではないでしょうか。

しばしば人のいうように、中国を中心とする東アジアの世界観は、「天」「地」「人」の三要素をもって語られることが多い。これは一般的には「天円地方」と表現されています。天空はサラダボールをひっくり返したように円《まどか》であり、地面は平らで方形《しかく》のかたちをしている。

その天と地の間に人がおり、人の営みが行われているわけです。

これらをいま仮に天象《てんしょう》・地象《ちしょう》・人象《じんしょう》というなら、序文の「初春の令月にして……空には故雁帰る」までは、天象と地象にほかなりません。そして、もっともわたしたちが注目すべきは人象、つまり人の営みについてのメッセージが、その後につぶさにつづられていることです。

「蓋《きぬがさ》」は絹や織ものを張った長柄のかさ、「坐《しきゐ》」はカーペットをいいます。天はどこまでもひとつであり、この地上もまたどこまでもひとつです。そのような天と地の間にあって、人びとは「膝《ひざ》を促《ちかづ》け觴《さかづき》を飛ばす」のです。その結果、ことばをかけあう必要もなくなり、大気に向かってくつろぎ、さっぱりとして自由にふるまい、こころよく満ち足りた気分になるのです。

ここでは「促膝《そくしつ》」(こみあって坐る、の意)こそ、見過ごしてはならないメッセージでしょう。

「促膝」とは何か

序文は「天」について、それが「蓋《きぬがさ》」であるといいます。大きなひとつの傘だというのです。すこし時代をくだりますが、かの杜甫（七一二〜七七〇）が、つぎのようにうたっているのが、思い起こされます。「茅屋《ばうをく》、秋風の破《やぶ》る所と為《な》る歌」の途中から……。

安《いづく》んぞ得《え》む、広廈《くわうか》千万間、
大《おほひ》に天下の寒士を庇《おほ》ひて、倶《とも》に歓顔《くわんがん》、
風雨にも動かず、安《やす》きこと山の如くならむ。
嗚乎《ああ》、何《いづれ》の時か眼前突兀《とつこつ》として此《こ》の屋を見む、
吾が廬《いほり》独り破れて凍死を受くるも亦《また》足れり。

どうしたら、大屋根の家を得て、その下で天下の貧しい人びとが皆うれしい顔をしていることができるだろうか。杜甫が欲しいと夢想する家の屋根は「千万間」、一間は六尺（一尺は〇・三メートル）ですから、まさに天を蓋《おお》う大屋根、いや天そのものといってよいでしょう。「梅花の歌」の序文の筆者も同じで、どこまでもつづく天が、ひとつの大きな蓋《かさ》なのだというのです。

そして地は、一枚のカーペット。そこに坐る者たちに、家柄《いえがら》のちがい・身分の高下などはありません。たとえば、梅花の宴のメンバーから三名だけですが、それぞれ想定される収入をあげてみましょう(31)。

大宰帥（主人《あるじ》）	大伴旅人	正三位	七六四〇万円・位分資人	六〇人
筑前国守	山上憶良	従五位下	一五七〇万円・位分資人	二〇人
壱岐目	村氏彼方	少初位上（相当）	二三四万円・位分資人	〇人

まさに月とスッポン。同じ官僚でもこれほど収入に差があるのです。しかしながら、文字どおり家柄・身分の差を越えて対等に「促膝する」のが、梅花の宴だったのです。これを対新羅との問題を例に考えてみましょう。

この宴に参加した官人たちのなかには、新羅との外交に関わる者もいたでしょうし、あるいは有事の際に、どのように兵や船を動かすかといった軍務にかかわる者もいたでしょう。九国三島の統治とともに、外交交渉による均衡と相互の発展、そして武力による防衛と侵犯への抑止、それが「遠《とほ》のみかど」と呼ばれる大宰府の果たすべき大きな役目でもありました。どのような政策を選び実行するにしても、日羅両国が「淡然と自ら放にし、快然と自ら足る」（淡々とそれぞれが心のおもむくままに振る舞い、快くおのおのがみち足りている）ようになるには、それぞれの主義・主張を越えた、「促膝談心」の姿勢が必要だったと思います。

「梅花歌」の序に見られる「促膝」は、当時の表現としてとりたてて珍しいものではありません。たとえば、先にふれましたが、長屋王の私邸であった新羅使一行を送る餞宴では、藤原総前《ふささき》（房前）に[32]「五言　秋日長王が宅にして新羅の客を宴す一首　賦して『難』の字を得たり」があり、つぎのようにうたわれています。

職貢梯航《しよくこうていかう》の使ひ、此より三韓に及《いた》る。岐路衿《くび》を分つこと易《やす》く、琴樽膝《きんそんひざ》を促《しじ》むること難《かた》し。
山中猿吟《ゑんぎん》断《た》え、葉裏蟬音《えふりせんいん》寒し。贈別《そうべつ》に言語無し、愁情《しうじやう》幾万端《ばんたん》ぞ。

貢《みつぎ》ものをもって山をこえ海をわたってやってきた新羅からの使いが、いま母国へと帰っていく。別れ去ることは容易でも、もう琴を弾き酒樽を開き、膝つきあわせて歓を尽くすことはできない。山中には猿の叫び声も絶え、木の葉のうらでは蟬がうすら寒く鳴いている。送別にあたって、もはや悲しみのためことばも見つからず、憂いの情のみあふれるばかり。「梯航」は「梯山航海」をつづめた表現。「三韓」はいわゆる馬韓・弁韓・辰韓《しん》のことですが、ここではひろく新羅をさしています。房前は、使節の一行が帰国してしまうと、もう「促膝談心」もかなわないと惜しむのです。

それでは、中国ではどうでしょうか。「蘭亭序」ではないのですが、王羲之の「羲之頓首。闊《とほ》く別れて稍《やや》く久し。眷《かへり》みるに時とともに長く……」にはじまる書簡文中に、「促膝いまだ近づけず」をみることができます（『雑帖』四）。これは王羲之が、ひさしく旧交をあたためることのできない嘆きを、某氏に送ったものです。

すこし時代がくだって、初唐の四傑(33)のひとり駱賓王《らくひんおう》（生没年不詳）の作品に、

……歓言を締《や》めて促膝す。故人と樽酒し、離涕を掩《おほ》ひて交頤《かうい》す……。

（「宋三の豊城に之くを餞するの序」）

とあります。別れに際して嘆くことなしに、まずは胸襟《きようきん》をひらいて歓を尽くそうではないか、駱賓王はそううたうのです。

冒頭近くで紹介した杜甫にも、「促膝」の例があります。「従事行、厳二別駕に送る」です。宝応元年（七六二）の作から、その部分を紹介します。

銅盤《どうばん》、蠟《らふ》を焼き光り日を吐《は》く、夜如何《いかん》其、初めて膝を促《うなが》す。
黄昏《くわうこん》始めて扣《たた》く主人の門、誰か謂《おも》はむ俄頃《がけい》、膠《かう》、漆《しつ》に在り。
万事尽く付す形骸の外《ほか》、百年未だ見《み》ず歓娯《くわんご》の畢《をは》るを。

この年の春に、成都の浣花渓《かんかけい》のほとりに草庵をいとなむ杜甫でしたが、八月には兵乱をさけて東川（梓州）に移っています。そこで別駕（州の長官である刺史の属官）だった厳某《なにがし》に、たいそう優待されたらしい。子弟をつかい、さまざまに便宜をはかって奔走《ほんそう》してくれたというのです。

「銅盤」は赤がねの大きな盤の意ですが、ここでは大きな燭台でしょう。大きな銅盤にたくさんの蠟燭《ろうそく》をともして、それはまるで太陽のようであり、夜の刻限を問う頃には、膝をのりだしていよいよ親密となった。たそがれ時にはじめて主人である厳某を訪ねたばかりなのに、今や膠《にかわ》が漆《うるし》のなかにあるかのように（ともに接着剤）、親密となった。万事はかたちばかりのものとうちすてて、生涯一〇〇年経っても、この楽しみはいつ果てるともわからないと思われるほどだ、と。

さらに時代はややくだりますが、杜甫と同じくらい有名な詩人白楽天（七七二〜八四六）の作品「東都冬日諸同年に会して鄭家《ていか》の林亭《りんてい》に宴す」にも、うたわれています。

盛時上第《せいじじやうだい》に陪《ばい》し、暇日群賢《かじつぐんけん》を会《くわい》す。
桂折因《よ》つて樹《じゅ》を同じうし、鶯遷《あうせん》各《おのおの》年を異にす。
賓階組珮紛《ひんかいそはいふん》たり、妓席花鈿《ぎせきくわでん》を儼《げん》にす。
膝《ひざ》を促《ちか》づけて栄賤《えいせん》を斉《ひと》しうし、肩を差《さ》して後先《こうせん》を次《つい》づ。
歌を助《たす》く林下の水、酒を銷《せう》す雪中の天。
他日升沈《しょうちん》する者、忘るる無《な》かれ此筵《このえん》を共にせしことを。

白楽天が進士に及第したのは貞元一六年（八〇〇）、二九歳。この年に及第した仲間が集まって鄭元《ていげん》なる人物の林亭で、宴会をひらいた時の作です。鄭元は白楽天らに後れ翌年に及第したのですが、仕官しないで洛陽に帰ってしまいました。

「桂折」は試験に合格すること、「鶯遷」は及第した者たちのたとえ。及第した仲間とはいえ、年齢はバラバラ。

客の昇り降りする階段は印綬や玉佩が入り乱れ、綺麗《きれい》どころの席は髪かざりがまことにきらびやか。貴賤ひとしく膝をまじえ、先輩後輩ともに肩をならべている。林の下の流れの水音は、仲間たちの歌声を助け、中天の寒雪は酔いを醒《さ》ましてくれる。やがて昇進する者もあるだろうし、落ちぶれる者だってあるだろう。しかしながら、この宴で共にしたよしみを、けっして忘れないようにしようではないか。これが白楽天のうたう「促膝談心」のありさま

大伴旅人の博多人形
（山村延燁作「梅花の宴」／公益財団法人古都大宰府保存協会蔵）

です。「梅花の歌」の序にいう「促膝」も、こうした作品と同じと解釈してよいでしょう。

天平二年正月一三日の、宴のさまをイメージしてみましょう。メンバーには大伴旅人がいます。旅人が薨《こう》じたのは、翌年の天平三年（七三一）七月、六七歳。旅人の側近くに山上憶良がいます。憶良が没したのは、天平五年六月以降でしょうか。七四歳でした。

旅人は死がおとずれようとする病床《びょうしょう》にあって、

指進《さしずみ》の栗栖《くるす》の小野《をの》の萩《はぎ》の花散らむ時にし行きて手向《たむ》けむ（巻6九七〇）

とうたっています。「栗栖の小野」は、母巨勢郎女《こせのいらつめ》の里です。母とともに過ごした幼少期の、あの萩の花がほろほろと散るなつかしい風景のなかに、歌のことばの終焉《しゅうえん》をもとめたのです。

それでは、憶良はどうでしょうか。憶良もまた病床にあって、

士《をのこ》やも空《むな》しくあるべき万代《よろづよ》に語り継ぐべき名《な》は立てずして（巻6九七八）

とうたっています。限りある命をこえて、万代に語り伝えられるような名をまだ立てていないとうたい、その現実をはずかしいと嘆くのです。最期まで人の輪のなかで生きていたい、千載《せんざい》万年の世まで生かされていたいと。

ふたりの歌人だけを取り出しても、きらりと光るそれぞれの〈歌人らしさ〉を見つけることができます。こうした〈歌人らしさ〉は、旅人と憶良にかぎったことではないでしょう。「梅花の歌」の雅宴に集《つど》ったメンバーのひとりひとりにも、きっといえるはずです。

山上憶良の博多人形
（山村延燁作「梅花の宴」／公益財団法人古都大宰府保存協会蔵）

ところが、三二首をながめていて、ここに強烈《きょうれつ》な〈歌人らしさ〉がないのはなぜでしょうか。ないことをもって、メンバーの大半が歌才《かさい》のない連中だったからとするのは、まちがっていると思います。むしろ、そうした〈歌人らしさ〉をセーブしながら全体の調和《ハーモニー》を先んじた、と評価すべきではないでしょうか。

「促膝談心」の歌うたに、オレが……ワレ

が……の〈歌人らしさ〉は必要ではありません。はるかに広がる天と地のただ中にあって、人のいとなみの調和こそ「梅花の歌三十二首」の宴だったのです。

山村延燁作「梅花の宴」（公益財団法人古都大宰府保存協会蔵）

部分：左上・紀男人／右上・小野老／左下・児島／右下・沙弥満誓

むすびにかえて ——「令和」に祈る——

「大化」にはじまる元号のそれぞれには、おとずれる新たな時代はこうあってほしい、といった祈りが込められています。

「大化」は『尚書』（大誥）に「肆《ゆゑ》に予《われ》大いに我が友邦の君を化誘す」によって考案されました。大化とは、ひとことでいうなら、徳をもって大いに人びとを教化し、人の心をよりよい方向へと導くということでしょう。大化は西暦六四五年から六五〇年までの間、元号として用いられました。大化二年（六四六）に発布された改新の勅によって公地・公民が宣言され、新しい律令国家としてスタートしたのです[34]。

元号といえば、身近な「明治」「大正」「昭和」「平成」も然《しか》り。はじめて一世一元の制度を採用した「明治」は、『易経』の「聖人南面して天下を聴《き》き、明《めい》に嚮《むか》ひて治《をさ》む」（説卦伝《せつかでん》）から、「大正」は、同じ『易経』の「大いに亨《とほ》りて以て正しきは、天の道なり」（彖伝《たんでん》・臨卦）

から、「昭和」は、『書経』の「百姓《ひゃくせい》昭明にして、万邦を協和す」（堯典）、「平成」は『史記』の「内平《たいら》かに外成《な》る」（五帝本紀・帝舜）・『書経（偽古文尚書）』の「地平かに天成る」（大禹謨《だいうぼ》）から、それぞれ採られたといわれています。

「平成」の場合、偽書からの出典とはけしからんという意見もあったようですが、それぞれ、国の指針となるような語彙が採択されています。

「令和」の二文字もまた、だれにとっても、調和のとれた、おだやかで平和な時代であってほしいという祈り、その祈りにふさわしいと思われます。

平成の時代、決して忘れることのできない、未曾有《みぞう》の大災害がありました。線状降水帯という、これまで大半の人びとが耳にしたこともなかった気象専門用語が、四六時中、天気予報士の口から出る昨今です。四季のメリハリがなくなり朧化してしまった春夏秋冬の気象、異常な高温と豪雨、大陸からやって来るＰＭ２・５の汚染物質。そして引きつづいておきる風水害、地震、火山の噴火。

人のいとなみもまるで異常ではないか、と思うこともしばしばです。「自国さえよければそれでいい」と国際ルールさえ一方的に投げやってしまう強国のワガママ、国益という名のもとのやりたい放題、万里の長城ならぬメキシコ国境のセメントの壁、あるいはヒステリックな朝鮮半島の朝令暮改、安直な再開発のために燃え尽きようとする地球の〈肺〉＝アマゾン……。

今、「促膝」（促膝談心）のしなやかな姿勢こそ、堅持《けんじ》すべき日本の、そしてわたしたちのあり方なのではないか。「梅花の歌」の序文は、そう、わたしたちに語ってくれそうです。

＊注の部

令和と号す　はじめに

（1）たとえば、『Will』二〇一九年六月号。「令和」を特集している中で注目されるのは、平川祐弘氏「令和日本の精神」、石平氏「皇室こそ世界遺産」。これらはともに擁護論。

平川氏は「元号が仮名やローマ字書きでなくてほっとした。漢字二字の音読みがいい。耳に響く音も、目に映る字も、令和の漢字は美しく品位がある」「中国語の新聞に『〈令和〉首出日典仍有漢籍背景』と出た。新元号が初めて日本古典から選ばれたとしても漢籍の背景がある、という指摘で、文化的背景はその通りだ。日本人が漢字を使うかぎり中華の人は優越感を覚えるだろう。しかし、それは西洋でアラビア数字を使うかぎり西洋科学の淵源《えんげん》はアラビアにありとするアラブ人のお国自慢に似てなくもない。むしろ古い歴史を誇る中国が、天皇家を『世界最古老皇室』と紹介したことの方が面白い。三十三の王朝が興亡を繰返した国に比べ、日本の皇統は万世一系である。これは皇室が政治の外に在るお陰で、そこが中国と違う。」と。

また、石氏は「中国、朝鮮は元号を喪失、今や見る影もなし」の副題をそえて、「今日、新元号の『令和』は、中国でも多くのメディアで報じられています。おそらく、多くの中国人たちが『自分たちがつくり上げた元号を、なぜ日本人だけが守り続けているのか』と複雑な気持ちで見ていることでしょう。羨《うらや》ましく思いながらも、どこか妬みもある。今まで中国人が心のバランスを保っていられたのは、『たとえ日本が元号を守り続けていたとしても、中国の古典が由来だ』という自尊心があったからです。もし日本古典を出典とする元号が続けば、中国人の喪失感はより大きくなるでしょう。」と述べている。

『Will』同月号は「令和を貶《おとし》める人々」と題して、各界の発言をまとめている。かならずしも発言者自身が述べたものではないので、どこまで資料としての価値があるかは問われるだろうが、一例を引用して、参考にしておきたい。本郷和人氏は「『令和』以外の『英弘』『広至』『久化』『万和』『万保』だったら、ケチのつけようがないくらいにいいと思った。『英弘』は、『英』は英国を表すようになったのは幕末明治の時代からで、もとはエクセレント（優れている）という意味。『広至』は広く行き届くの意味。『令和』だけはダメなのだ」「『令』の字を見て、上司の顔が浮かびませんでしたか。『令』を漢和辞典で引くと、最初に出てくるのは「命令」。おきてや言いつけの意味。後に「よい」という意味が出てくる」「皇太子殿下は、『令旨』という言葉をご存じだと思う。皇太子の命令という意味で、天皇の意を受けた命令文書は『綸旨』。だから、『令』は天皇にふさわしくないのだ」「『巧言令色鮮《すくな》し仁』という有名な言葉がある。『巧言』というのは巧みな弁舌という意味。『令色』は作り笑い。つまり忖度の意味。『鮮し仁』というのは仁（今の言葉で愛）には遠いという意味だ。安倍首相はどうしてこの『令』を元号に取り入れたのか」（四月二日・モーニングショーにて）と発言したという（「資料篇　発言集」による）。

（2）序文の作者について、大きくは山上憶良と大伴旅人の両説に分かれている。古く江戸時代の釈契沖は『万葉代匠《だいしょう》記《き》』（初稿本）で憶良ではないかとしている。これにしたがうものは多く、橘千蔭《ちかげ》『万葉集略解』、鹿持雅澄《かもちまさずみ》『万葉集古義』などがある。近年になって、鴻巣盛広『万葉集全釈』や沢瀉《おもだか》久孝『万葉集注釈』などは、大伴旅人としている。「原案は旅人の書記が記し、それを旅人が校閲して稿を定めた」（伊藤博氏『万葉集釈注』集英社）というあたりが、もっとも一般的。

「梅花の歌」の序文

（3）大宰府時代の大伴家持の歌はない。大伴旅人が脚の病に悩まされ、天皇の勅命で大伴稲公《いなぎみ》と大伴胡《こ》麻呂《まろ》が見舞いにやってくる。幸い旅人の病は快癒し、そのふたりが帰京する日、大宰府の官僚たちは夷守《ひなもり》の駅家（今の粕屋郡阿恵あたり）まで見送り、そこで餞別の宴をおこなったらしい。見送った一行のなかにおそらく旅人の名代だったのだろう、家持の名が記されている（巻4五六六、五六七左注）。

大宰府政庁の官僚だけでも五〇人ほどいるのに、宴で歌を披露しているのは一七人。筑前国からは守・介・掾・目の四人が出席しているものの、国守が出ているのは筑後・豊後・壱岐の三国にすぎず、四等官でも微官の参加が多いこともあり、諸国の官人たちにわざわざ参加をもとめたものでなく、大宰府内の行事だったとする説もある（梶川信行氏「『万葉集』の宴席を考える―梅花の宴を通して」『万葉集の読み方　天平の宴席歌』翰林書房）。

（4）坂上郎女の母は石川内命婦で、旅人とは母を異にする。異母兄の宿奈麻呂と結婚し、坂上大嬢、二嬢をもうけるものの、夫宿奈麻呂は神亀元年に没した。

（5）「帰田の賦」に似ていることは、はやくに契沖が指摘している（契沖『万葉代匠記』初校本）。

「【北京・川原田健雄】中国でも1日、日本の新元号の発表直後に現地メディアが速報し、関心の高さを示した。短文投稿サイト『微博（ウェイボ）』では『中国の古典からも「令和」は取れる』といった書き込みが相次いだ。……共産党機関紙、人民日報系の環球時報（電子版）は『中国の痕跡は消せない』との記事を掲載。万葉集自体が中国古典の影響を受けていると指摘した。『令和』の典拠となった万葉集の一節は後漢時代の詩文『帰田賦』によく似た表現がある。このため微博では『もっと早い時期に中国では同じ言葉があった』『英文字の元号に変えない限り、中国との関係は切り離せない』といった投稿が相次いだ。また昭和の中国語の発音が『招核（核兵器を招く）と同じで、令和の発音が『臨核』（核兵器に臨む）とよく似ていることから『招核の後にまた臨核、縁起のいいものではない』という書き込みも見られた」（西日本新聞・四月二日）と報道している。

（6）万葉時代の歳時である「上巳《じょうし》の節」や「釈奠《せきてん》」「冬至の儀礼」などについては、拙著『万葉集の春夏秋冬』（笠間書院）を参照。

「天平」への改元

（7）金鐘寺《こんしゅじ》そして東大寺となり大仏殿が建立されるまでの、いわば国家による宗教運動について、もっともわかりやすいのは、加古里子《かこさとし》氏『ならの大仏さま』（福音館書店）。読者の対象は小学校上級から大人まで。この本は面白い。

（8）聖武天皇には、県犬養広刀自との間にもうひとり男児がいる。安積皇子《あさかのみこ》である。天平一六年（七四四）閏一月一一日に、聖武天皇の難波行幸にしたがったけれど、脚の病となって途中で恭仁京へもどったという。翌々日の一三日に、一七歳で急死した。藤原仲麻呂によって毒殺された疑いがある。家持は親交があり、「十六年甲申春二月、安積皇子の薨ずる時に、内舎人《うどねり》大伴宿禰家持の作る歌六首」（巻3四七五〜四八〇）を創作している。

（9）この説話では、太政大臣だった（これは史的にはあやまりで、左大臣）長屋王が、自分の高位を誇《ほこ》り、いやしい身なりの僧侶の頭を象牙《ぞうげ》の笏《しゃく》で打って傷つけたことで、三宝のひとつ「僧」を軽んじ傷つけた現報をうけ、悪い死に方をしたことになっている。説話の末尾はつぎのとおり。「何《いか》に況《いはむ》や、袈裟《けさ》を著《き》たる人を打ち侮《あなど》る者《ひと》は、其《そ》の罪甚《はなは》だ深からむ」。

(10) 現在、長屋王と吉備内親王の墓は、生駒郡平群町梨本にある。長屋王の墓は直径一五メートル、内親王の墓は直径二〇メートルほどの円墳（宮内庁治定）。

東アジアを視野にして　憶良の場合

(11) 前回の金乾安（一吉飡・第七等）、前々回は貢調使で金長言（級飡・第九等）である。

(12) 一方、新羅は唐と積極的な外交をおこなっている。使者の往来はしばしばあるが、翌年三月には、しかるべき良家の娘、抱貞《ほうてい》・貞菀《ていえん》という美人ふたりを唐に献上している。彼女たちには衣服・器具・奴婢・車馬などの資財をあたえ、礼式を整えて派遣した。

これに対して玄宗は、娘たちが聖徳王の従姉妹であり、故郷をはなれ国を出て長安に来たその心根《こころね》を思い、たくさんの贈りものを持たせて帰国させたというのだ。『新羅本紀』によれば、その後も頻繁に使者の往来がある。新羅は唐とのゆるぎない君臣関係を得ようとしていたし、得てもいた。これは対日本政策のうえでの大きな強みだっただろう。

(13) 持統天皇称制四年（六九〇）九月に持統天皇が紀伊に行幸する。その折りに、憶良のもっとも早い時期の歌を巻一に見ることができる。

紀伊国に幸《いでま》す時に、川島皇子の作らす歌　或は云はく、山上臣憶良の作なりといふ

白波の浜松が枝の手向《たむ》けくさ幾代までにか年の経《へ》ぬらむ　一に云ふ「年は経にけむ」（巻1三四）

とあり、別に巻九に

山上の歌

白波の浜松の木の手向《たむけ》くさ幾代までにか年は経ぬらむ　（巻9一七一六）

の歌がある。その左注に「右の一首、或は云はく、川島皇子の御作歌なりといふ」とある。実作者は憶良で、天皇を中心とする宴では、川島皇子が表向きの作者として披露されたのだろう。

(14)このあたりは中西進氏『山上憶良』(『中西進万葉論集』8講談社)や、村山出氏『憂愁と苦悩　大伴旅人山上憶良』(新典社)、稲岡耕二氏『山上憶良』(吉川弘文館)などにくわしい。

(15)神亀四年にはじまる渤海国からの使者が、神亀四年出羽国に漂着し、その後、天平一一年(出羽)、天平勝宝四年(越後の佐渡)、天平宝字二年(越前)、天平宝字三年(対馬)、天平宝字六年(越前)、宝亀二年(出羽)、宝亀四年(能登)、宝亀七年(越前)と、いわゆる山陰・北陸地方に頻繁《ひんぱん》に来着していることでも明らか。

(16)後のことだが、筑前国守の席をしりぞき帰京していた憶良のもとを、天平五年(七三三)遣唐大使の多治《たじ》比広成《ひのひろなり》が、出発を前に訪ねている。憶良は広成に遣唐使壮行の歌「好去好来の歌」(巻5八九四~八九六)を献上した。その左注には「天平五年三月一日に、良の宅にして対面し、献《たてまつ》るは三日なり。山上憶良　謹上　大唐大使卿　記室」とあって、会ったのは一日、歌を献上したのは三日である。やがて大陸へと渡ろうとする広成は、憶良が語ってくれる航海のありさまや異国での暮らしぶりなど、熱心に耳を傾けたことだろう。

　次期天皇となる基王にしても、本格的な帝王学を学ぶうえで、憶良の大陸での経験談は貴重だったのではないか。

(17)そもそも神亀年間に筑前国の内政を大宰府から切り離し、筑前国守のポストが新設されその初代国守となったのがじつは憶良だったのではないか、という説もある(大久保廣行氏「初代筑前守の可能性」『筑紫文学圏論　山上憶良』笠間書院)。

東アジアを視野にして　旅人の場合

(18)『古事記』には、天孫番能邇邇芸命《ほのににぎのみこと》を先導する祖先が、つぎのように記されている。「爾《ここ》に天忍日命《あめのおしひのみこと》・天津《あまつ》久米命《くめのみこと》の二人、天《あめ》の石靫《いはゆき》を取り負ひ、頭椎《くぶつち》の大刀《たち》を取り佩《は》き、天のはじ弓を取り持ち、天の真鹿児矢《まかこや》を手挾《たばさ》み、御前《みさき》に立ちて仕《つか》へ奉《まつ》りき。故《かれ》、其の天忍日命〔此は大伴連《むらじ》等の祖〕。天津久米命〔此は久米直《あたひ》等の祖なり〕」。

(19)仏教の放生会は、中国の天台第三祖である智顗《ちぎ》（五三八〜五九七）にはじまるといわれているが、神道だと宇佐神宮のそれがはじめ。養老四年（七二〇）、それまでの叛乱で多くの死傷者を出した隼人供養のために放生をおこなうようにと、八幡神の神託があったことに由来するという（『政事要略』による）。

(20)皇后がわざわざ男装したのは、速須佐之男《はやすさのお》が高天原へやって来たときに、天照大御神の「御髪《みかみ》を解きて御《み》みづらに纏《ま》きて、乃《すなは》ち左右の御みづらにも、亦御縵《またみかづら》にも、亦左右の御手《みて》にも、各《おのもおのも》八尺《やさか》の勾璁《まがたま》の五百津《いほつ》のみすまるの珠を纏《ま》き持ちて」対抗した、その装《よそお》いにならったのだろう。

天平二年の「梅花の歌」宴の意味

(21)『万葉集』には、父の高市皇子が壬申の乱（六七二）で大きなはたらきをなしたことが、柿本人麻呂によってうたわれている（「高市皇子尊の城上《きのへ》の殯宮《あらきのみや》の時に、柿本朝臣人麻呂の作る歌一首并せて短歌」巻2一九九〜二〇二）。

　ここでは、合戦のありさまを「……取り持てる　弓弭《ゆはず》の騒《さわ》き　み雪降る　冬の林に　一に云ふ「木綿《ゆふ》の林」つむじかも　い巻き渡ると　思ふまで　聞《き》きの恐《かしこ》く　一に云ふ「諸人《もろひと》の　見惑《みまと》ふまでに」　引き

放つ　矢のしげけく　大雪の　乱れて来れ……」と、弓弭のどよめきや放たれる矢のさまを表現している。また『日本書紀』（天武元年七月二二日）には、「列弩《つらなれるゆみ》乱れ発《はな》ちて、矢の下ること雨の如し」ともある。

用いられたのは、一般の弓矢ではなく、大陸渡来の「弩」（ど・おおゆみ・いしゆみ）ではなかったか。弩は飛距離や貫通力にすぐれ、だれが用いても使い方が簡単で、だれでも短時間の訓練で一定の命中率があるのが、最大の長所である。大陸・朝鮮半島に明るく国際貿易を営む胸形氏なら、弩の入手は容易だっただろう。

(22) 中国の後漢時代を生きた崔寔《さいしょく》（一〇三～一七〇年頃）の著書『四民月令《しみんがつりょう》』に「九月九日、菊花を採り、枳実《きじつ》を収むべし」と書かれている。枳実はカラタチ（枸橘）のことで、乾燥させて薬剤とした。したがって、すでに二世紀頃には重陽の節会があったことになる。同じ送別の宴で、安倍広庭が「……斯《こ》れの浮菊《ふきく》の酒を傾けて、願はくは転蓬《てんぽう》の憂《うれへ》を慰めむ」とうたっている。「浮菊」は菊の花弁を浮かべた酒。菊花酒は長生を得ると考えられた。

(23) たとえば小野老の場合を想定してみよう。「あをによし奈良の都は咲く花の薫《にほ》ふがごとく今盛りなり」（巻3三二八）とうたった小野老は、神亀六年（七二九）三月四日に従五位下から従五位上に昇っている。

神亀六年といえば長屋王の変が二月一〇日に発覚し、長屋王は一二日に自刃している。その長屋王邸に派遣され糾問したメンバーのひとりに、右中弁小野牛養《うしかい》がいる。老もかつて右少弁だった時代がある（養老四年一〇月に任）。牛養と老の系譜上の関係は不明なのだが、弁官は太政官の直属で左右ともに八省のうち兵部・刑部・大蔵・宮内を指揮監督するのが仕事。

小野老の右の歌は、老が一〇年ぶりに従五位下から従五位上に昇叙となり、叙勲のために上京した、そして大宰府にもどって来た時にうたった歌だったという（林田正男氏「小野朝臣老論」『万葉集筑紫歌群の研究』笠間書院）。老がなぜ一〇年もの間、昇叙の機会にめぐまれなかったのか、長屋王の変直後にその機会を得たか。そこに長屋王の変が大きく関わっているとみてもよさそうである。

「梅花の歌」序文と「蘭亭序」

（24）蘭亭集との関係をこまかく論じたものに、たとえば井村哲夫氏「蘭亭叙と梅花歌序―注釈、そして比較文学的考察」『憶良・虫麻呂と天平歌壇』（翰林書房）がある。

なぜ梅花をうたうのだろうか

（25）中国の上巳の節会は、はやくに范曄《はんよう》『後漢書』（礼義志上・祓禊）に「是の月の上巳に、官民皆な、東流水の上《ほとり》に於いて禊《みそぎ》するを、洗濯祓除《せんたくふつじょ》と曰ふ。宿垢《しゅくこう》・疢《ちん》を去り大契を為す」とある。もとは三月の第一の巳の日だったが、三国六朝時代のころから三月三日（重三という）におこなわれるようになった。

本邦では、顕宗天皇元年・二年・三年に「三月の上巳に、後苑《みその》に幸《いでま》して、曲水の宴きこしめす」（『日本書紀』）と見えるものの、やや疑わしい。神亀五年（七二八）に「三月己亥（三日）、天皇、鳥池の塘《つつみ》に御《おは》しまして五位已上を宴したまふ。……文人を召して曲水の詩を賦《うた》はしむ」と、宴のようすが記録されている。『懐風藻』に「皇慈万国に被り、帝道群生を沾《ぬ》らす。竹葉禊庭《けいてい》に満ち、桃花曲浦《きょくほ》に軽し……」（背奈王行文《せなのきみゆきふみ》「上巳禊飲　応詔」）とうたわれている。

(26) 吉田宜は、もとは百済の僧で恵俊といい、医学を伝えるために還俗して、吉田となった。先祖を日本にもち、朝鮮半島に移住し、後にふたたび日本に帰ってきた「復帰渡来人」の一族のひとりだったという説もある。

宜は九州にも朝鮮半島の情勢にもくわしい人物だっただろう。もちろん医術に抜きんでた才能を発揮しただけでなくて、『懐風藻』に詩二首を残す文人でもある。

(27) こうした「花鳥」文様は、聖武天皇の御物を納めている正倉院で数多く見ることができる。たとえば、紅牙撥鏤尺《こうがばちるしゃく》と緑牙撥鏤尺《ばちる》。いわゆる天皇の物差しである。

「撥鏤」とは象牙を彫る技法で、撥《は》ね彫《ぼ》りとよばれ、紅・緑・青に染めた象牙に毛彫りで文様を描く。顔料は象牙の内部までは染《し》みないので、きざんだ地肌は白くあらわれ、そこに別の顔料をさしていく。文様には唐花《からはな》、花鹿《はなしか》、オナガドリ、オシドリなど……まるで天平文化をぎゅっと縮めて表現したような、華やかさだ。撥鏤《ばちる》尺に関心のある読者のみなさんには、由水常雄氏『天皇のものさし―正倉院撥鏤尺の謎』（麗沢大学出版会）がおすすめ。

中国文学に梅詩あり

(28) 辰巳正明氏「落梅の篇―楽府『梅花落』と大宰府梅花の宴」『万葉集と中国文学』（笠間書院）にくわしい。辰巳氏には、『「令和」から読む万葉集』（新典社）も。

(29) 李延年は、妹を武帝に推薦するために「北方に佳人有り、絶世にして独立す、一顧すれば人の城を傾け、再顧すれば人の国を傾く……」とうたった。これを機会に妹は召されて夫人となったという。このエピソードはひろく知られており、後に「傾城」「傾国」のことばの起こりとなった。

大宰府という辺塞の文学

（30）拙稿「園梅の景―梅花宴歌と梅花落」『山上憶良の研究』（翰林書房）。

「促膝」とは何か

（31）正三位の旅人には、位田四〇町、位封一三〇戸、年二度の季禄として絁一四疋、綿一四屯、布四二端、鍬八〇口、さらに帥の職に与えられる職分田が一〇町、それを耕すための人夫二〇人が与えられた。養老七年（七二三）から三世一身の法が制定されているから田荘もあったはずで、試算した額よりもさらに実収入は多かっただろう。ここではコメ一キロを四九〇円とした。

（32）この房前は大伴旅人と交友があった。旅人は対馬産の桐材で作った琴を「梧桐の日本琴一面」（巻5八一〇、八一一）の短歌とともに房前に送り、房前もそれにこたえて歌をおくっている（巻5八一二）。くわしくは、中西進氏「文人歌の試み―大伴旅人における和歌―」『中西進万葉論集』3（講談社）。

（33）初唐の四傑は王勃《おうぼつ》（六四七～六七五）・楊炯《ようけい》（？～六九二）・盧照鄰・駱賓王。盧照鄰の「長安古意」と駱賓王の「帝京篇」は、ことに有名。

むすびにかえて――「令和」に祈る――

（34）元号「大化」が制定されたのは、大陸・朝鮮半島の動向が大きく影響していた。大唐帝国の太宗は第一回の高麗遠征をはかり、新羅はそれをサポートした。百済は新羅を攻めて、四〇あまりの城を攻めとるといったありさまで、半島三国は動乱期だった。こうした半島の動向を見てとり、日本は元号をもつことによって、独立した君主国家としての宣言をしたのである。

＊注釈書

井村哲夫氏『万葉集全注』巻5（有斐閣）
中西進氏『万葉集　全訳注原文付』1（講談社）
伊藤博氏『万葉集釈注』3（集英社）
阿蘇瑞枝氏『万葉集全歌講義』3（笠間書院）
多田一臣氏『万葉集全解』2（筑摩書房）

＊そのほかの参考図書

原田貞義氏『読み歌の成立　大伴旅人と山上憶良』（翰林書房）
古橋信孝氏『和文学の成立　奈良平安初期文学史論』（若草書房）
梶川信行氏『万葉集と新羅』（翰林書房）
村田右富実氏『令和と万葉集』（西日本出版社）
中西進氏・監修『図解雑学　楽しくわかる万葉集』（ナツメ社）
井上さやか氏・監修『マンガで楽しむ古典　万葉集』（ナツメ社）
前田淑氏『大宰府万葉の世界』（弦書房）
森弘子氏『大宰府と万葉の歌』（海鳥社）

＊付録「梅花の歌三十二首」・「後に追和する梅の歌四首」と宴のメンバーの小伝

・正月《むつき》立《た》ち春の来《き》たらばかくしこそ梅を招《を》きつつ楽しき終《を》へめ（八一五）

正月になって春が来たら、こうして毎年梅を迎えて、楽しみのかぎりをつくしましょう。

大弐《だいに》紀《き》卿《きょう》　政庁の上席次官紀男人か。男人なら、天平一〇年（七三八）に大弐で卒している。

・梅の花今咲けるごと散《ち》り過ぎず我《わ》が家《へ》の園《その》にありこせぬかも（八一六）

梅の花よ、今咲いているように散り過ぎることなしに、咲きつづけてほしい。

少弐《しょうに》小野大夫《おののだいぶ》　次席次官小野老。養老三年（七一九）一月に正六位下から従五位下、四年一〇月に右少弁となっている。天平元年三月に従五位上、三年一月に正五位下、五年三月に正五位上、六年一月に従四位下、九年六月に大宰大弐で卒している。

・梅の花咲きたる園の青柳《あをやぎ》は縵《かづら》にすべくなりにけらずや（八一七）

梅の花が咲く園の青柳は、縵にするほどに、よくなったではありませんか。

少弐《しょうに》粟田《あわた》大夫　粟田必登《ひと》か。必登なら、神亀元年（七二四）に従五位上。

・春さればまづ咲く宿《やど》の梅の花ひとり見つつや春日暮らさむ（八一八）

春になると、まず最初に咲くわが家の梅の花、わたしひとりで見ながら春の日を暮らすことでしょうか。

筑前守山上大夫　山上憶良。別掲

・世間《よのなか》は恋繁《こひしげ》しゑやかくしあらば梅の花にもならましものを（八一九）

世の中は恋の苦しみが尽きないことです。こんなことなら梅の花にでもなりたいものです。

豊後《とよくにのみちのしりの》　守大伴大夫。大伴三依とも。三依なら、天平二〇年（七四八）二月に従五位下となり、天平勝宝六年（七五四）七月に主税頭、天平宝字元年（七五七）六月に参河国守。諸国の国守を歴任、宝亀元年（七七〇）一〇月に従四位下、五年五月に卒している。

・梅の花今盛りなり思ふどちかざしにしてな今盛りなり（八二〇）

梅の花は今満開ですよ、さあ親しいお歴々《れきれき》髪に挿《さ》しましょう、今満開ですよ。

筑後《つくしのみちのしりの》　守葛井《ふじい》大夫　葛井大成《おおなり》。神亀五年（七二八）五月に、正六位上より外従五位下となっている。旅人が帰京した後に悲しんでうたった「今よりは城《き》の山道はさぶしけむ我《わ》が通はむと思ひしものを」（巻4五七六）がある。

・青柳《あをやなぎ》梅との花を折《を》りかざし飲みての後《のち》は散りぬともよし（八二一）

青柳と梅の花とを折って髪に挿し、楽しく飲んだその後は、散ってしまってもよい。

笠沙弥《かさのさみ》　笠麻呂《まろ》。慶雲元年（七〇四）一月に正六位下より従五位下、三年七月に美濃国守となり、二年九月に善政であることをもって賞される。養老五年（七二一）五月に元明太政天皇の重態によって出家して満誓《まんせい》と称した。七年二月に造筑紫観音寺別当として赴任する。寺女の赤須《あかす》との間に男児をもうけた。その子孫である五世の孫の代になって、家人から良民になることをゆるされ、筑後国竹野郡に戸籍をあたえられたというエピソードがある（『三代実録』貞観八年三月）。

・我《わ》が園に梅の花散るひさかたの天《あめ》より雪の流れ来《く》るかも（八二二）
わが庭に梅の花が散る、遠く無限のかなたから、雪が流れてくるのでしょうか。
主人《あるじ》　大宰帥大伴旅人　別掲

・梅の花散らくは何処《いづく》しかすがにこの城《き》の山《やま》に雪は降《ふ》りつつ（八二三）
梅の花が散っているというのはどこのことでしょうか、それどころか、この城の山には雪が降りつづいています。
大監伴氏百代《だいけんばんじのももよ》　政庁の上席三等官大伴百代。天平一〇年（七三八）閏七月に兵部少輔で外従五位下、一三年八月に美作国の国守。天平一八年四月に従五位下、九月に豊前国守、一九年一月に正五位下となっている。

・梅の花散らまく惜《を》しみ我が園の竹の林にうぐひす鳴くも（八二四）
梅の花が散るのを惜しんで、わが庭の竹の林にうぐいすが鳴いています。
少監阿氏奥島《しょうけんあじのおきしま》　政庁の次席三等官阿倍奥島。伝未詳。

・梅の花咲きたる園の青柳《あをやぎ》を縵《かづら》にしつつ遊び暮らさな（八二五）

梅の花の咲く庭の、青柳を縵にしながら、遊び暮らしましょうよ。
少監土氏百村《どしのももむら》　土師百村《はにしの》、養老五年（七二一）正月に東宮侍講、時に正七位上。

・うちなびく春の柳と我が宿の梅の花とをいかにか別かむ（八二六）
風になびく春の柳と、わが家《や》の梅の花とを、さてどちらがよいと区別できましょうや。
大典史氏大原《だいてんしじのおおはら》　政庁の上席四等官大原某。「史」は「史部《ふひとべ》」か、名は未詳。正七位上相当。伝未詳。

・春されば木末隠《こぬれがく》りてうぐひすそ鳴きて去《い》ぬなる梅が下枝《しづえ》に（八二七）
春になると、梢《こずえ》にかくれてうぐいすが鳴いて移っていきます、梅の下枝に。
少典山氏若麻呂《さんじの》　山口若麻呂、次席四等官、正八位上相当。旅人が脚の病に苦しんだとき、大伴稲公《いなぎみ》と胡麻呂《こまろ》が勅使として旅人を見舞いにやってきた。旅人が快癒して、ふたりは都にもどる。それを見送ったときの「周防《すは》にある磐国山《いはくにやま》を越えむ日は手向《たむ》けよくせよ荒しその道」（巻4五六七）がある。

・人ごとに折りかざしつつ遊べどもいやめづらしき梅の花かも（八二八）
ひとそれぞれに、枝を折って髪に挿《さ》して遊ぶけれど、ますます心ひかれる梅の花ですよ。
大判事丹氏麻呂《だいはんじたんじのまろ》　政庁の司法官で従六位下相当、「丹氏」は「丹治比氏」か。伝未詳。

・梅の花咲きて散りなば桜花継ぎて咲くべくなりにてあらずや（八二九）

梅の花が咲いて散ったら、桜の花がつづいて咲きそうになっているではありませんか。

薬師《くすりし》張氏福子《ちょうじのふくし》　政庁の医師張福子。渡来人。薬師は正八位上相当。『家伝』（藤原武智麻呂伝）で当時の各界の名士をあげ、なかに「方士は、吉田連宜……張福子等」とある。

・万代《よろづよ》に年は来経《きふ》とも梅の花絶ゆることなく咲き渡るべし（八三〇）

万年の時が過ぎても、梅の花は絶えることなく、咲きつづけることでしょう。

筑前介《つくしのみちのくちのすけ》佐氏子首《さじのこおびと》　筑前国の次官、従六位上相当。天平三年（七三一）四月の「筑前国司牒案」に署名している佐伯子首《こおびと》か。

・春なればうべも咲きたる梅の花君を思ふと夜眠《よい》も寝《ね》なくに（八三一）

春なので、なるほど道理で花が咲いた梅の花よ、あなたが気になって夜もおちおち眠れない。

壱岐守板氏安麻呂《いきのかみはんじのやすまろ》　壱岐国守板持《いたもち》安麻呂、従六位下相当。神亀二年（七二五）三月に、安麻呂その他の筆跡を基準にしたことが『令集解』（学令）の古記に見えるところから、能書家だったらしい。天平七年（七三五）九月、右大史従六位下。

・梅の花折りてかざせる諸人《もろひと》は今日《けふ》の間《あひだ》は楽しくあるべし（八三二）

梅の花を折って髪に挿している人びとは、今日一日中、楽しみが尽きないはずです。

神司荒氏稲布《かんつかさこうじのいなしき》　政庁の祭祀官、正七位下相当。「荒」は「荒木」「荒田井」などが想定されるが、不明。「稲布」も伝未詳。

・年のはに春の来《き》らばかくしこそ梅をかざして楽しく飲まめ（八三三）

年ごとに春が来たら、こうして梅を髪に挿して、楽しく酒をいただきましょう。

大令史《だいりようし》野氏宿奈麻呂《やじのすくなまろ》　政庁の判事に属する上席四等官で書記官、大初位上相当、小野淑奈麻呂《すくなまろ》かといわれる。天平六年（七三四）頃、出雲目《さかん》。

・梅の花今盛りなり百鳥《ももとり》の声《こゑ》の恋《こほ》しき春来たるらし（八三四）

梅の花は今盛りです。たくさんの鳥の声が恋しい春がまさにやってきたようです。

少令史田氏肥人《でんじのこまひと》、判事に属する次席の四等官、大初位下相当。「肥人」は「コマヒト」とも「ヒビト」ともよめる。

・春さらば逢はむと思《も》ひし梅の花今日の遊びに相見つるかも（八三五）

春になったら逢いたいと思っていた梅の花よ、今日の宴の遊びに出逢ったことですよ。

薬師《くすりし》高氏義通《こうじのよしみち》　伝未詳。「高」は「高橋」「高安」などが考えられるが、「高」のひと文字だと、渡来人の医師だったかもしれない。

・梅の花手折《たを》りかざして遊べども飽《あ》き足《だ》らぬ日は今日にしありけり（八三六）

梅の花を手折って髪に挿《さ》し遊ぶけれど、それでもなお飽きたりないという日は、今日のこの日であったことです。

陰陽師《おんようし》磯氏法麻呂《きじののりまろ》　政庁の卜占師で正八位上相当。磯氏法麻呂は伝未詳。

・春の野に鳴くやうぐひすなつけむと我が家《へ》の園に梅が花咲く（八三七）

春の野で鳴くうぐいす、そのうぐいすを手なずけようとして、わが家の園に梅の花が咲きました。

竿師《さんし》志氏大道《しじのおおみち》　政庁の主計・主税をあつかう会計官、正八位上相当。志紀大道《しきのおおみち》か。大道なら、『家伝』にも「歴算《りゃくさん》」（暦算）のくだりに、その名が見える。

・梅の花散り紛《まが》ひたる岡辺《をかび》にはうぐひす鳴くも春かたまけて（八三八）

梅の花が散り乱れる岡のあたりには、うぐいすが鳴くことです。春のおとずれを待って。

大隅目《おおすみのさかん》榎氏鉢麻呂《かじのはちまろ》　大隅国の四等官、大初位下相当。榎氏鉢麻呂は伝未詳。「榎」は「榎井」「榎本」「榎室」などが想定される。

・春の野に霧立ち渡り降《ふ》る雪と人の見るまで梅の花散る（八三九）

春の野に霧が立ちわたって、降る雪なのかと人が見るほどに、梅の花が散っています。

筑前目《つくしのみちのくちのさかん》田氏真上《でんじのまかみ》　筑前国の四等官、従八位下相当。田辺真上《たなべのまかみ》、別に、天平一七年（七四五）一〇月に、諸陵大允《いん》・従六位上であることがわかっている。

・春柳縵《かづら》に折りし梅の花誰《たれ》か浮かべし酒坏《さかづき》の上《へ》に（八四〇）

春柳の縵に挿すために手折った梅の花を、どなたが浮かべたのでしょうか、酒坏のうえに。
壱岐目村氏彼方《いきのさかんそんじのおちかた》　壱岐国の四等官、少初位上相当。彼方にはほかに伝はない。

・うぐひすの音聞くなへに梅の花我家《わぎへ》の園に咲きて散る見ゆ（八四一）
うぐいすの声を聞いた折りしも、梅の花がわが家の園で、咲いて散るのが見られます。
対馬目高氏老《つしまのさかんこうじのおゆ》　対馬国の四等官、少初位上相当。天平一七年一〇月の頃、雅楽寮少允正六位上だった、高向老《たかむこのおゆ》か。

・我が宿の梅の下枝《しづえ》に遊びつつうぐひす鳴くも散らまく惜しみ（八四二）
わが家の梅の下枝《したえだ》に戯《たわむ》れながらうぐいすが鳴いています、梅の花が散るのを惜しんで。
薩摩目高氏海人《さつまのさかんこうじのあま》　薩摩国の四等官、大初位上相当。伝未詳。

・梅の花折りかざしつつ諸人《もろひと》の遊ぶを見れば都しぞ思ふ（八四三）
梅の花を手折って髪に挿《さ》しながら人びとが遊んでいるのを見ると、しきりに都のことが思い出されてなりません。
土師氏御道《はにしうじのみみち》　ここには職名と官位が記されていない。土師御道（水道とも）は別に、「土師宿禰水道、筑紫より京に上るに、海路にして作る歌二首」（巻4五五七、五五八）がある。巻16三八四五の左注には、大舎人であり字《あざな》は志婢麻呂《しびまろ》と記されている。

・妹《いも》が家《へ》に雪かも降《ふ》るまでにここだも紛《まが》ふ梅の花かも（八四四）

恋人の家に行く、その行きではないが、雪が降るかと見ちがえるほどに、こうも紛れて散る梅の花だよ。

小野氏国堅《おののうじのくにかた》　天平九年（七三七）から一六年頃まで、皇后宮職の写経生だったらしい。正倉院文書にたくさんの自筆の書状や帳簿などがのこっている。

・うぐひすの待ちかてにせし梅が花散らずありこそ思ふ児がため（八四五）

うぐいすが待ちかねていた梅の花は、散らずにいてほしい。愛するあの子のために。

筑　前　掾門氏石足《つくしのみちのくちのじようもんじのいそたり》　筑前国の三等官、従七位上相当。伝未詳。「児」を「うぐいす」とする別解もある。

・霞立つ長き春日《はるひ》をかざせれどいやなつかしき梅の花かも（八四六）

霞が立っている長い春の日じゅう髪に挿しているけれど、ますます手放せない梅の花ですよ。

小野氏淡理《おののうじのたもり》　「淡理」は「田守」を唐風に表記したもの。天平一九年（七四七）一月に従五位下、天平勝宝元年（七四九）閏五月に大宰少弐、五年二月に遣新羅大使となっている。天平宝字元年（七五七）七月に刑部少輔、二年九月に遣渤海大使の任をおえて帰国した。同年一〇月に従五位上。

・残りたる雪に交じれる梅の花早くな散りそ雪は消《け》ぬとも（八四九）

消えのこった雪にまじって咲く梅の花よ、早く散らないで。雪は消えたとしても。

・雪の色を奪《うば》ひて咲ける梅の花今盛りなり見む人もがも（八五〇）
雪の白さをうばって咲いている梅の花は、今満開であるよ。だれかに見せたいものです。

・我がやどに盛りに咲ける梅の花散るべくなりぬ見む人もがも（八五一）
わが家《や》に今満開の梅の花が、そろそろ散りそうになったよ。見る人がほしい。

・梅の花夢《いめ》に語らくみやびたる花と我《あれ》思ふ酒に浮かべこそ　一に云ふ「いたづらに　我を散らすな　酒に浮かべこそ」（八五二）
梅の花が夢で語ることには、「風流な花だと自分は思っています。お酒に浮かべてほしい」と。また「むなしくわたしを散らさないで。お酒に浮かべてほしい」と。

＊大伴旅人と山上憶良

大伴旅人は、安麻呂の子であり、家持・書持の父。母は巨勢郎女《こせのいらつめ》だといわれている。和銅三年（七一〇）一月に、隼人《はやと》・蝦夷《えみし》を朱雀門の東西にならべて率《ひき》いた。このとき左将軍正五位上。四年四月に従四位下となり、七年一一月にふたたび左将軍となっている。霊亀元年（七一五）一月に従四位上、五月に中務卿。養老二年（七一八）三月に中納言、翌三年一月に正四位下、四年三月に西国で隼人が叛乱を起したことで征隼人持節将軍となるが、藤原不比等の病のために、八月に帰京している。神亀四年の末か五年のはじめの頃、大宰帥に着任。その直後に妻大伴郎女を亡くした。天平二年（七三〇）

一一月大納言を兼任するために帰京。三年一月に従二位となり、七月に薨じた。

山上憶良の父は、百済からの亡命渡来人の医者億仁《おくに》とする説もある。持統天皇四年（六九〇）に紀伊の行幸にしたがっており、万葉集初出歌である「白波の浜松の木の手向けくさ幾代までにか年は経ぬらむ」（巻9一七一六）をうたっている。

この頃、川島皇子のもとにいたらしい。大宝元年（七〇一）に遣唐使の少録となったが、このときは無位無官。和銅七年（七一四）従五位下。霊亀二年（七一六）に伯耆《ほうき》国の国守となった。養老五年（七二一）には東宮（聖武天皇）に侍した。神亀三年（七二六）の頃、持病に苦しみながら筑紫に赴任。その二年後に大伴旅人を大宰府に迎えた。天平三年（七三一）秋には帰京したか。

東　茂美（ひがし・しげみ）

1953年（昭28），佐賀県伊万里生れ。

成城大学大学院博士課程修了。博士（文学）。

現在，福岡女学院大学人文学部教授。

著書に『大伴坂上郎女』（1994年，笠間書院），『東アジア万葉新風景』（2000年，西日本新聞社），『山上憶良の研究』（2006年，翰林書房），『万葉集の春夏秋冬』（2013年，笠間書院），『鯨鯢と呼ばれた男　菅原道真』（2019年，海鳥社）などがある。

元号《げんごう》「令和《れいわ》」と万葉集《まんようしゅう》

■

2020年4月20日　第1刷発行

■

著者　東　茂美
発行者　杉本　雅子
発行所　有限会社海鳥社
〒812 - 0023 福岡市博多区奈良屋町13番4号
電話092（272）0120　FAX092（272）0121
http://www.kaichosha-f.co.jp
印刷・製本　モリモト印刷株式会社
ISBN978-4-86656-068-7
［定価は表紙カバーに表示］